KB075796

강민선

계속 쓰는 사람. 문예창작을 전공하고 비정규직을 전전하다 도서관
사서가 되었다. 『아무도 알려주지 않은 도서관 사서 실무』와
『도서관의 말들』은 그때의 경험으로 썼다. 독립출판을 시작한
뒤 도서관을 그만두고 지금은 비정형 작업 공간 '임시제본소'를
운영하고 있다. 독립출판 이전의 시간을 모아 『나의 비정규
노동담』과 『외로운 재능』을 썼고, 이후의 시간을 모아 『자책왕』과
『하는 사람의 관점』을 썼다. 기차가 나오는 영화를 보며 『극장칸』을
썼고, 한강 다리를 건너며 『어크로스 더 리버스』를 썼다. 무엇이든
좋아하면 쓰기 시작한다. 쓰다 보니 좋아하는 것을 더 오래, 더 잘
좋아하는 방법을 탐구하고 싶어졌다. 그 과정을 모아 이 책을 썼다.

끈기의 ------ 말들

© 강민선 2023

이 책은 저작권법에 의해 보호받는 저작물이므로 무단전재와 복제를 금합니다.

이 책 내용의 전부 또는 일부를 이용하려면 저작권자와 도서출판 유유의 서면동의를
얻어야 합니다.

끈 ― 기 ― ― ― 의
― 들 말 ―

오 ― 늘 ― 도
계 ― 속 하 기
위 ― 하 여

강민선 지음

들어가는 말
가야 할 곳을 알고 떠나는 여정

끈기의 말들을 써 보라는 제안을 처음에는 선뜻 반기지 못했다. 끈기라는 말이 불러일으키는 미묘한 정서 때문이었다. 내게 끈기란 아파도 찍소리 못 하고 가만히 참는 것, 억울하고 화나는 일이 있어도 대놓고 험한 말을 못 하는 것, 사람들이 내게 기대하는 것. 착하고 수더분해 보인다는 말을 듣고 자라는 동안 나도 모르게 학습된 답답하고 꽉 막힌 내 성격이 떠오르기도 해 마음에 들지 않았다. 할 수만 있다면 끈기의 반대편에 놓인 단어를 찾아 그것에 대해 써 보고 싶었다. 이를테면 변심이나 배반, 포기나 손절 같은. 그편이 훨씬 재미날 듯했다.

그래서인지는 몰라도 한 줄 한 줄이 고비였다. 글을 쓰는 것뿐인데 산을 넘는 것처럼 헉헉댔다. 과연 100개를 완성할 수 있을까. 지금이라도 못하겠다고 말할까. 나에게 정말 끈기가 있기는 할까. 없는 끈기를 억지로 만들어서 쓰고 있는 건 아닐까. 무거운 마음을 안은 채 써 나갔다. 참을 수 없이 힘들 땐 밥값이라고 생각하며 썼다. 굶지 않으려면 써야 한다고 생각하며 썼다.

그렇게 몇 달을 보내다 깨달았다. 이 글을 쓰고 있어서 내가 살아 있구나. 이 글이 나를 살게 하는구나. 끈기의 말들이란 이런 거구나.

이 글을 쓰기 전까지는 끈기의 단순한 통념만 알고 있었다. 참는 것, 버티는 것. 세상에! 참고 버티는 이야기로 책 한 권을 써야 한다니! 게다가 내가 뭘 했다고. 그렇다. 독립출판으로 책을 만들고, 최소한의 서점에만 유통하고, 1년에 한 번 북페어에 나가 책을 소개하는 일이 사업의 전부인 내가 끈기에 대해 말하기는 거북하고 부담스러웠다. 과연 이 책을 집어 든 독자가 글쓰기와 독립출판이 직업이자 삶의 중심이 되어 버린 사람의 이야기에 얼마나 공감할까. 글을 써 나가는 동안에도 이 부분이 가장 어려운 숙제였다. 글로써 공감을 얻는 일은 언제나 어렵다. 하지만 이런 나를 이끌어 준 것도 역시 끈기의 말들이었다.

지금껏 안다고 생각했던 끈기가 다가 아니었다. 끈기는 훨씬 품이 크고 넓은 말이었다. 사물이나 사람이 가진 끈끈한 기운, 기꺼이 하고 싶은 마음, 변하지 않고 오래도록 간직하는 품성, 끝까지 해내려는 의지, 지키고 싶은 사랑, 정성, 기다림…… 끈기에 대해 생각하고 끈기에 관한 문장을 모으는 동안 끈기의 손을 잡고 따라 나온 친구들이 하나씩 눈을 맞추며 반갑게 인사하는 기분이었다. 내가 인생에서 가장 소중하게 여기는 것이 무얼까 생각하게 되었다. 시간이 지날수록 점점 빛을 발하는 것. 숫자로 가치를 말할 수 없는 것. 마음으로 느끼는 것. 나로부터 시작해 끈기를 갖고 바꿔 나가고 싶은 세상에 관한 이야기도 책에 담았다. 분명히 아름다울 테지만 아직 오지 않은 세계, 편견과 차별이 사라진 미래를 그려 보는 일도 끈기의 말들 덕에 할 수 있었다.

끈기와 친해지고 싶어서 이 책을 골랐다면 우선 축하의 마음을 보낸다. 반드시 해내고 싶은 무언가가 있거나, 오래오래 사랑하고 싶은 대상이 생겼다는 뜻일 테고, 그건 누구에게나 쉽게 찾아오는 기회가 아니니까. 지금까지 그냥 살아왔다면 이제부터는 가야 할 곳을 알고 떠나는 여정이 될 것이다. 기쁘고 설레는 일이지만 때로는 고통과 두려움이 따를지도 모른다. 그래도 떠나 보라고, 그 끝에 반드시 좋은 것이 기다리고 있을 거라고 자신 있게 말할 수도 없다. 우리 모두 아직 끝까지 가 보지 않았으니까. 하지만 이 말은 건넬 수 있을 것 같다. 이제부터 펼쳐질 당신의 모험에 기꺼이 동행하겠다고. 끈기란 혼자서 고독하게 해 나가는 게 아니라는 사실도 이 책을 쓰면서 알게 되었다. 함께할 사람을 찾아 손을 맞잡는 것 또한 끈기의 방식이었다.

유유출판사를 이끄는 분들이 아니었다면 이 책은 세상에 나오지 못했을 것이다. 나를 발견해 주고, 기다려 주고, 이야기를 나누고, 끝까지 쓸 수 있도록 함께해 주는 누군가가 있다는 것은 외롭고 고단한 삶에 동반자가 생긴 것만큼이나 행복한 일이다.

출판사에서 원고를 제안하며 예시로 든 책은 다름 아닌 내가 2019년에 만든 독립출판물 『외로운 재능』이었다. '10분이면 다다를 거리를 2시간씩 걸려서 가는 것을 재능으로 삼겠다'고 선포한 이상한 책이지만 이 한마디 때문에 나와 비슷한 느림보 독자를 만나 인연을 이어 갈 수 있었고, 3년이 지나 『끈기의 말들』까지 쓰게 되었으니 내겐 퍽 고마운 책이다.

『외로운 재능』은 열두 편의 짧은 글 사이에 과거의 일기를 끼워 편집한 책이다. 오래전에 사용하다 비공개로 바꾼 블로그에서 과거의 나를 보는 순간, 문득 꺼내 주고 싶었다. 현재가 너무 어두워 미래가 오는 것을 두려워하기만 했던 과거의 나에게 말을 걸고 싶었다. 나 여기 있다고, 나 무사하다고. 참고로 이제 재고가 얼마 없다. 3년 만이니 '마침내'라고 해야 하나? 모쪼록 이 책을 갖고 있을 1000명의 독자가 더는 외롭지 않기를 바란다.

『외로운 재능』을 만든 해에 북페어에 나갔는데 책 소개를 들으신 한 어르신께서 "지금은 조금 나아졌나 봐요. 이렇게 책으로 만든 걸 보면. 저는 왜 이런 생각을 하지 못했을까요?"라며 사 가셨던 일이 생각난다. 처음으로 나간 북페어였고, 독자의 생생한 목소리로 듣는 피드백이 처음이어서 놀라느라 그땐 제대로 답을 못 했지만 이제라도 답하고 싶다. 네, 많이 나아졌어요. 책을 한 권 한 권 만들어 갈 때마다 이전보다 나아진다는 걸 느껴요. 그렇게 느낄 수 있는 책을 만들고 싶어요.

『끈기의 말들』이 이를 증명해 주었으면 한다.

이 －－－－－－ 책은 －－－－－－ 내가 －－－－－－ 걸려 －－－－－－ 넘

어진 －－－－－－ 돌들로 －－－－－－ 지은 －－－－－－ 성입니다.

리베카 솔닛, 『세상에 없는 나의 기억들』(김명남 옮김, 창비, 2022)

계속해서 글을 쓰고 책을 만드는 동력이 무엇이냐는 질문 앞에서 자주 머뭇거렸다. 그냥요! 좋으니까요! 하고 싶어서요! 마음은 언제나 생글생글 웃으며 상큼하게 대답하고 싶은데 몸이 따라 주질 않는 걸까, 갈수록 생각이 많아지고 낯빛이 어두워졌다. 쌓이는 책의 무게만큼이나 부담감도 커졌다. 쓰면 쓸수록, 만들면 만들수록. 시작은 분명 가벼웠는데.

돌이켜 보니 독립출판을 시작한 뒤로 한순간도 멈춘 적이 없었다. 다른 일을 하고, 다른 사람을 만나고, 자려고 침대에 누워서도 글 써서 책 만들 궁리만 했다. 머릿속에는 오직 두 개의 방이 존재했다. 지금 만들고 있는 책이 있는 방과 다음에 만들 책이 있는 방. 그러니 지켜보는 사람은 궁금했을 것이다. 저 사람은, 대체, 왜? 실은 나도 궁금하다. 나는 왜 이 일을 하는 걸까. 혼자서 쓰고 만드는 일이 어쩌다 나의 생활이 되었을까. 나는 지금 만족하고 있는 걸까.

이런 생각을 하면 한없이 가라앉기 때문에 애써 외면해 왔다. 억지로 노력해서라도 가벼워지고 싶었다. 무거워지는 순간 독립출판도 인생도 끝장나는 거라고 생각했다. 그리고 나는 끝장나는 순간을 이미 한 번 겪었다. 나로 인해 덩달아 무거워진 것들이 서둘러 내게서 등을 돌렸다. 온몸의 수분이 빠져나가는 것만 같았다. 잘 웃던 농담에도 웃음이 나오지 않았다.

그대로 완전히 증발할 것만 같던 그때 했던 유일한 한 가지 역시 책상 앞에 앉아 글을 쓰는 일이었다. 저울에 매달린 추를 하나씩 다른 쪽으로 옮기듯, 나의 상황과 감정을 글로 써내면 희한하게 가벼워졌다. 이상하지. 쓸수록 무거워지는 줄 알았는데 사실은 덜어 내고 있었다. 억지로 노력해야만 가벼워진다고 생각했는데 그 노력이 결국 글쓰기였다. 모든 게 끝장난 줄 알았던 때에 쓴 글을 모아 이 책을 만들었다. 15

제가 ------ 원하는 ------ 건 ------ 오로지 ----

-- 무리가 ------ 없는 ------ 상태예요. ------ 절

대 ------ 무리하지 ------ 않으려고 ------ 노력합

니다.

「"무리하지 말고 즐거움 좇아라" 백수와 선수 사이−예술가 백현진」,
『조선일보』(2020.01.18.)

—— 2

백현진의 인터뷰 기사를 가끔 읽는다. 뭐 하는 사람이냐는 질문에 그는 '개장수, 사채업자, 재벌 2세, 지방대 교수를 종종 연기하면서 소리를 만들고 그림을 그리는 사람'이라고 자신을 소개한다. 한 가지만으로도 탈진하기 쉬운 현대 사회에서 여러 개의 정체성을 고르게 발현해 나가는 보기 드문 예술가다. 그는 '외부의 의뢰 없이도 자기 삶을 이어 갈 수 있는 사람이 진짜 예술가'라고 말한다. 이 대목에서 앞으로 내가 살아갈지도 모를 삶이 바로 여기에 있는 것 아닐까 생각했다. 든든한 선배가 생긴 기분이었다. 타인의 무관심 속에서도 자기 일을 오래 할 사람.

　목표가 뭐냐는 질문에 그는 '절대 무리하지 않으려고 노력한다'고 답한다. 작품의 완성도에만 집착하며 자신을 갉아먹고 타인을 괴롭히면서 고통스럽게 해 왔다면 20년 넘도록 묵묵히 자기 작업을 이어 나가기란 불가능했으리라. TV나 영화에서 그의 얼굴을 볼 때마다 괜히 반가운 건 그가 비열한 악당, 사이코패스, 무능하고 폭력적인 남편과 아버지, 바보 멍청이 그 어떤 역을 맡더라도 그 모습 저편에 즐거움의 아우라가 있어서가 아닐까 싶다.

　그는 '무리하지 않고 즐겁게 만든 음악을 나중에 더 자주 듣게 된다'고도 했다. 나도 내가 만든 책을 종종 다시 읽는다. 어떤 작가는 쓰는 동안 너무 힘들어서 책이 완성된 뒤에는 쳐다보지도 않는다는데 나는 반대다. 그 책을 쓰고 만드는 동안 좋았던 기억을 되살리고 싶어서 자꾸만 읽는다. 그 기분을 다시 불러와 다음 책을 만든다.

불을 ーーーーー끄고ーーーーーー10분간ーーーーーー뜸을ーーー

ーーー들여ーーーーーー주세요.

류지현, 『모락모락 솥밥』(영진미디어, 2021)

레시피를 보지 않고선 할 수 있는 요리가 하나도 없지만 이것 하나만큼은 확실히 안다. 끈기가 생기려면 뜸을 잘 들여야 한다. 뜸을 들인다는 건 첫째, 음식을 삶거나 익힌 뒤에 한동안 뚜껑을 열지 않고 그대로 두어 속속들이 잘 익도록 하는 일이다. 둘째, 말과 행동이 느린 사람을 비유하기도 하고, 셋째, 사람의 일이나 계획이 잘 이루어지도록 일정한 상태에서 충분히 무르익게 한다는 의미도 있다. 나는 이 세 가지 뜻을 모두 좋아한다.

라면 하나를 끓이더라도 불을 끄고 조금 기다린 뒤에 먹어야 훨씬 맛있다. 계란프라이 중 가장 선호하는 반숙과 완숙 사이를 먹고 싶다면 불을 끄고 뚜껑을 덮은 뒤 기다린다. 말과 행동이 느린 사람을 만나면 내적 친밀감이 차오른다. 나도 적잖이 느리기 때문에 그 앞에선 답답해 보일까 봐 신경 쓰지 않아도 되고, 숨이 찰 정도로 속도를 내지 않아도 된다. 중요한 말을 꺼내기 전에 눈을 먼저 빛내며 긴장한 듯 머뭇거리는 표정을 바라보는 일도, 그에게서 어떤 말이 나올지 기다리는 시간도 좋다.

글을 쓰고 책을 만드는 일을 하다 보니 글쓰기에도 뜸 들이는 시간이 필요하다는 사실을 알게 되었다. 이제 막 완성한 글은 며칠 덮어 둔 뒤에 다시 읽어야 다듬고 고칠 곳이 보인다. 그사이 나의 눈이 달라진 것이다. 시간이 지나면 더 좋은 생각이 떠오르기도 한다. 그사이 나의 경험과 감각이 달라진 것이다.

한 발짝 떨어진 상태에서 잠시 머물러 기다리기. 뜸만 잘 들여도 음식에, 사람에, 글에 끈기가 생긴다. 사물이 가진 끈끈한 성질이자 시작한 일을 중간에 단념하지 않고 끝까지 이어 나가게 만드는 좋은 기운이 생긴다.

퇴근하고 ------ 뭘 ------ 하느냐고 ------ 누군

가 ------ 묻는다면 ------ 일상의 ------ 항상성 --

---- 유지에 ------ 만전을 ------ 기한다고 ----

-- 대답한나.

김교석, 『아무튼, 계속』(위고, 2017)

--4

내게도 약간의 강박이 있다. 물론 수련하듯 일상의 루틴을 철저하게 만들어 지키는 이들에 비하면 귀여운 수준이다. 내가 정해놓은 몇 가지에 대해 항상성을 유지하고 있을 때 기쁨을 느끼지만 이것이 조금 흐트러져도 불안을 느끼지 않는 정도의 작은 강박.

나 역시 여느 작가들처럼 쓰는 시간과 장소를 정해 두었지만, 그보다 더 중요한 건 분량이다. 하루에 써야 하는 분량을 정해 두고 꼭 지키려 한다. 정해 둔 최소한의 분량은 200자 원고지 5매, A4용지로는 절반 정도다. 애걔! 너무 적지 않나? 아니, 이렇게 정해 두어야 날마다 같은 양을 꾸준히 쓸 수 있다. 갑작스러운 변수가 생기더라도 이 정도 분량이면 24시간 중에 어떻게든 해결되거나 정 어려우면 다음 날로 이월할 수 있다. 어디서 얼마 동안 썼든 5매를 넘어선 순간 하루의 목표를 이룬 거다. 그런 날엔 울적함이나 공허함 대신 성취감과 함께 저녁노을을 바라본다. 아, 주말과 공휴일은 쉬어도 좋다.

책은 하루에 한 챕터, 소설은 단편 한 편씩 읽는 것을 최소 목표로 정해 두었다. 책에 따라 다르지만 대략 단행본 50쪽에서 70쪽 정도다. 중간에 다른 일을 보지 않고 한 번에 집중해서 읽을 수 있는 최소한의 분량이다. 앉은자리에서 한 권을 다 읽고 싶은 책은 조금 기다렸다 주말에 읽는다. 주말엔 산책도 하고 카페도 가고 붕어빵도 사 먹는다.

부담스럽지 않은 목표를 정하고 매일매일 하다 보니 이제는 크게 의식하지 않아도 자연스럽게 쓰기와 읽기의 분량이 채워진다. 나의 하루 적정 분량을 알고 있으니 원고 마감일을 예상하기도 쉽고 다른 일정을 잡을 때도 고민이 없다. 무엇보다도 내 감정에도 항상성이 유지된다. 좋아하는 일을 매일 꾸준히 하기 위해 나를 보호하는 방법을 알게 되었고 외부로부터 예상치 못한 자극이 오더라도 타격이 덜하다. 자, 오늘도 5매 쓰기 끝!

지 식 인 의 － － － － － 질 병 을 － － － － － 유 발 하 는 － － － － － －

두 － － － － － 가 지 － － － － － 중 요 한 － － － － － 원 인 은 － － － －

－ － 정 신 의 － － － － － 과 도 한 － － － － － 노 동 과 － － － － － 육 체

의 － － － － － 언 이 은 － － － － － 휴 시 입 니 다 .

사뮈엘오귀스트 티소, 『읽고 쓰는 사람의 건강』(성귀수 옮김, 유유, 2021)

하루 적정 분량의 원고를 쓰고 책을 읽고도 멈추어지지 않는 날이 있다. 밤은 깊어 가고, 시간은 자정을 넘어 새벽으로 가는데도 빠르게 뛰는 심장을 움켜쥔 채 계속해서 뒤적이고 끄적이는 날이. 도중에 끊고 자는 일은, 비유하자면 이제 막 사랑의 대화를 나누기 시작한 연인과 곧 손을 잡거나 키스하게 될지도 모르는 중요한 타이밍에 잠깐 끊고 집에 갔다가 다음 날 다시 만나자고 하는 것과 같다. 절제력이 상당한 사람이야 뭐가 문제겠냐마는, 진짜 문제는 다음 날 같은 연인을 다시 만나리란 보장이 없다는 거다. 책을 덮지 못하는 이유가, 글쓰기를 중단하지 못하는 이유가 바로 거기에 있다. 이 순간을 사로잡은 황홀경의 상태가 다음 날에도 똑같이 이어지기를 기대하기란 어렵다. 눈을 감으면 달아나 버릴 것만 같다.

그런 밤을 여러 번 보내고 나서 내린 결론이 있다. 잠시 눈 붙였다고 달아날 연인이라면, 아니 생각이라면 그건 내게 그리 중요한 것이 아니다. 몇 날 며칠이 지나도 눈앞에 맴돌고 혀끝에 머무는 것을 이어 나가면 된다. 그러니 중단을 두려워하지 말자. 중간에 잠도 자고, 밥도 먹고, 주변을 정리하며 열도 식히고, 몸을 움직여 머리를 비우는 시간을 가져도 좋다. 아니, 정신세계에서의 즐거운 모험을 최대한 오래 하고 싶다면 반드시 가져야할 시간이다. 나를 통해 세상에 나와야 할 무언가가 있다면, 그 무언가 역시 끈기를 갖고 나를 기다려 준다는 사실을 이제는 믿는다.

지금 — — — — — — 내게 — — — — — — 필요한 — — — — — — 것은 — — — —

— — 솔직할 — — — — — — 용기, — — — — — — 계속할 — — — — — — 용기.

도티끌, 『매일 조금 다른 사람이 된다』(스튜디오 티끌, 2018)

'이 일을 왜 하느냐'는 질문을 그리 좋아하지 않는다. 하던 일을 멈추게 하고, 적절한 답이 나올 때까지 고민하게 하는 질문이다. 게다가 이런 질문에는 대체로 '쓸데없이 힘만 들고 남들이 알아주지도 않고 돈도 안 되는 일'이란 전제가 깔려 있다. 질문하는 사람은 '그런데도 계속하는 이유'가 궁금하겠지만 솔직히 말하자면 특별한 이유는 없다. 그저 오늘 무엇을 쓰고 싶고 무엇을 쓰는지가 중요할 뿐.

이 질문은 때론 상처가 되기도 한다. 밤새 정성스레 빚은 만두를 손님에게 대접했는데 돌아오는 게 '만두가 맛있다'는 칭찬이 아니라 '이 만두를 왜 빚었느냐'는 질문이라면 기분이 어떨까. 애초에 만두가 기절초풍할 정도로 맛있었다면 저런 질문은 받지 않았을 텐데, 내가 하는 일이 세상에 쓸모 있고 가치 있는 일이라고 생각한다면 굳이 궁금하지 않았을 텐데. 다른 누군가도 이런 쓸쓸한 생각을 하느라 묵묵히 잘하고 있던 일을 멈추게 될까 봐, 나는 누구에게도 '왜 하는가'라는 질문은 하지 않는다. 그 질문에 누구보다 오래 고민하는 사람은 당사자일 테고, 기나긴 고민의 결과를 단숨에 가져갈 권리는 아무에게도 없다.

작지만 자기만의 일을 고군분투하며 해 나가는 이들의 꿍꿍이가 정 궁금하다면 '왜' 하는지 묻기보다 시간이 걸리더라도 그들이 '무엇을' 하고 있는지 찬찬히 봐 주었으면 좋겠다. 무엇을 바라보고 있고 무엇에 마음을 쏟고 있는지, 무엇을 쓰고 있고 무엇을 만들고 있는지를. 그것에만 관심을 기울여도 다른 궁금증은 유유히 해결된다. '왜'라는 질문은 사람을 멈추게 하지만 '무엇을'이라는 질문은 계속 이어 갈 수 있는 용기를 준다. 이것은 매일 아침 나를 작동시키는 방식이기도 하다.

나의 ------ 공책들은 ------ 언제나 ------ 앞부

분만 ------ 까맣게 ------ 성실했다. ------ 심지

어 ------ 일기장까시도.

전지, 『선명한 거리』(코난북스, 2020)

——7

나는 새 학기를 좋아하는 아이였다. 새 교과서를 받을 수 있어서다. 흠 없고 구김 없는 새 책을 받으면 모든 게 다시 시작되는 기분이었다. 이제부터 깨끗하게 써야지. 매일 예습하고 복습도 해야지. 새 공책과 새 일기장을 살 때도 마찬가지였다. 내가 쓸 수 있는 가장 예쁜 글씨체를 연습한 뒤 공을 들여 첫 문장을 썼다. 쓰다가 삐끗해서 첫 줄부터 망치면 한 권 전체를 못쓰게 된 것처럼 울고 싶었다.

이 마음은 오래가지 못했다. 한 학기라고 해 봐야 6개월이 전부인데 그땐 하루가 꽤 길게 느껴졌던 모양이다. 다 채우지 못하고 버리게 된 공책이 아까운 어머니는 깨끗한 부분만 따로 묶어서 연습장을 만들어 주었다. 나는 거기에다 낙서도 하고 만화도 따라 그리면서 긴긴 시간을 보냈다.

가만 생각해 보면 그때 다 채우지 못한 공책의 빈 곳을 이제야 한 쪽씩 채워 나가는 것 같다. 작가는 글을 완성하는 사람이기도 하지만 그 글로 자신의 인생을 채워 나가는 사람이기도 하니까. 아까운 줄 모르고 허투루 써 버렸던 시간을, 하나를 진득하게 끝맺지 못하고 다음 시작만 기다렸던 나날을 하나씩 되찾아 오는 마음으로 글을 쓴다. 그래서 나의 글은 늘 후회와 반성의 얼굴을 하고 있는지도 모르겠다.

새 학기도, 새 교과서와 새 공책도 더는 없게 된 지금의 나는 새 책을 만들기로 결심한 순간이 바로 새 학기다. 새 공책을 채우듯 글을 써 나간다. 쓰다가 삐끗해서 첫 줄부터 망치면 울지 않고 '백스페이스' 키를 누른다. 그럴 때마다 과거로 되돌아가 다시 시작하는 기분이다.

천재는 −−−−−−근면함이다.

발터 벤야민, 『일방통행로/사유이미지』(최성만·김영옥·윤미애 옮김, 도서출판 길, 2007)

— —8

학창 시절부터 어머니에게 늘 들어 온 말이다. "넌 노력파야. 남들 한 시간 할 때 넌 열 시간 해야 돼." 어머니도 아셨던 거다. 내 머리가 좋은 편이 아니라는 사실을. 모범생의 탈을 쓴 채 공부는 뒷전이었던 나는 매번 그 말을 한 귀로 듣고 한 귀로 흘려버렸다고 생각했는데 아니었나 보다. 시간이 지날수록 희한하게 자주 떠올랐고, 그 말이 단지 나의 머리 나쁨을 지적하는 게 아닌 어머니의 정밀한 관찰에 따른 내 진짜 모습임을 인정하게 되었다. 어머니의 기억 속에서 나는 뭐든 하나를 좋아하기 시작하면 쉽게 싫증을 느끼지 않고 열 시간이고 스무 시간이고 그것만 하는 아이였다.

어린 시절의 열 시간, 스무 시간을 집어삼켰던 많은 것이 사라진 자리에 글쓰기가 남았다. 다른 일을 하면서도 중단하지 않고 계속할 수 있는 일이었고, 차곡차곡 쌓이는 게 확연히 보이는 일이니 효능감이 느껴졌다. 무엇보다 누군가의 좋은 글을 읽고 가슴이 두근거려 잠을 이루지 못했던 강렬한 기억이 몸의 일부로 남아서, 나도 언젠가는 그런 글을 꼭 한번 써 보고 싶어서 여태 손을 놓지 못하고 있다.

지금도 하루에 가장 오래 붙들고 있는 일이 바로 이 글쓰기다. 말 그대로 '붙들고'만 있는 시간이 더 길지만 그렇다고 버리는 시간이 아니라는 걸 알기 때문에 아깝지 않다. 적절한 문장이 나와 주지 않아 괴로울 때도 있지만 어떤 문장은 괴로움을 먹고 자라기도 한다. 중요한 건 내가 이 일을 앞으로도 열 시간, 스무 시간, 10년, 20년까지도 계속할 수 있겠다 싶은 거다. 그사이 세상이 변하고 나도 변한다 해도 이 일만은 놓지 않을 듯하다. 이게 하늘이 내린 재능이 아니라면 무엇이란 말인가.

노력과 — — — — — — 성실함과 — — — — — — 직업윤리 — — — — — — 없

이 — — — — — — 그들 — — — — — — 중 — — — — — — 몇 — — — — — — 명이

나 — — — — — — 프로로 — — — — — 성공할까?

영화 『보이후드』(리처드 링클레이터 감독, 2014)

한 소년이 여섯 살에서 열여덟 살이 될 때까지의 생을 담은 영화가 있다. 『보이후드』가 여느 성장 영화와 다른 점은 오프닝과 엔딩 사이에 실제로 12년이 흘렀다는 것이다. 소년과 그의 가족을 연기한 배우들, 감독과 제작진 모두 12년 동안 매년 만나서 삶을 살듯 영화를 찍었다. 소년이 성장하는 동안 스쳐 지나가는 생의 조각과 그 가치를 담아내는 것이 영화의 주제라면, 영화를 만드는 방식까지 주제와 닿아 있었던 거다.

인생이 그렇듯 영화 속에서도 많은 인연이 소년에게 다가왔다 사라졌다. 두고두고 안타까운 장면도 있었고, 가슴을 쓸어내릴 만큼 다행인 사건도 있었다. 영화의 3분의 2 지점에 등장하는 암실 장면은 소년에게 어떻게 남을지 기대되기도 했다. 수업 시간에 혼자 암실에서 사진 작업을 하던 소년에게 선생님이 묻는다. "과제는 다 했니?" 고개를 젓는 소년에게 선생님이 말한다. 소년에게 특별한 재능이 있는 것은 분명하지만 그것만으론 치열한 세상에서 빛을 보기 어렵다는 사실을. 재능 있는 많은 사람이 노력 없이 살다가 스러져 버리는 안타까운 현실을. 그러면서 소년에게 오늘 저녁 풋볼 경기장에서 사진 300장을 찍어 오라는 과제를 내 준다. 소년은 과제를 한다.

선생님의 단언처럼 그날 암실에서의 대화를 소년이 20년 뒤에 고맙게 여기게 될지는 모를 일이다. 소년이 자신의 바람대로 사진가가 되어 있을지조차 알 수 없다. 20년은 긴 세월이다. 하지만 영화를 본 우리는 안다. 세상을 떠도는 많은 말 중에 가장 믿고 싶은 말, 가장 진실에 가까운 말, 가장 힘센 말이 무엇인지를. 그런 말은 아무리 긴 시간이 지나도 사라지지 않는다.

자 네 ------ 인 생 에 ------ 이 런 ------ 일 을 ----

-- 하 리 라 고 는 ------ 한 ------ 번 도 ------ 생 각

해 ------ 보 지 ------ 못 했 겠 지 . ------ 그 렇 지 --

---- 않 나 , ------ 이 ------ 사 람 아 ? ------ 그 러

기 에 ------ 삶 이 란 ------ 희 한 한 ------ 걸 세 . --

---- 잘 ------ 알 다 시 피 . ------ 계 속 해 . ------

밈 추 지 ------ 말 고 .

레이먼드 카버, 「대성당」, 『대성당』(김연수 옮김, 문학동네, 2014)

一〇

레이먼드 카버의 「대성당」을 떠올릴 때마다 생각나는 친구가 있다. 연락 없이 지낸 지 10년이 됐으니 친구라고 해도 되는지 모르겠지만 그와 함께한 추억이 많다. 시각장애인인 그를 따라 암막 커튼으로 뒤덮인 카페에 가 본 적이 있다. 빛이 완벽하게 차단된 곳이었다. 그 안에선 장애인이 비장애인을 안내했다. 그는 대학 시절부터 시각장애인의 인권을 위한 일을 하고 싶어 했고 관련 공부를 꾸준히 했다. 함께 공부할 반려자를 만나 결혼을 했다. 결혼식과 집들이에 간 게 거의 마지막 기억이다.

이 글을 쓰면서 그의 근황이 궁금해 포털 사이트에 이름을 넣어 봤다. 기대 반 의심 반으로 엔터를 누르자 시각장애인 인권 관련 기사가 우수수 쏟아졌다. 바라던 일을 하고 있구나! 멈추지 않고 계속해 왔구나! 반가우면서도 기사 대부분이 비탄과 호소를 담고 있어 안타깝기도 했다. 비장애인에게는 절로 주어진 것이기에 인식하지 못했던 많은 부분에서 장애인의 인권이 침해받고 있었고 그중 하나가 '독서권'이라는 내용이 눈에 띄었다. 우리나라는 점자책, 오디오북, 데이지(시각장애인이나 독서 장애인을 위한 국제 디지털 음성 포맷) 제작이 다양하게 이뤄지지 않고 있다고 지적하며, 독서는 살아가는 데 기본적인 요건인 만큼 모든 책에, 모든 방식으로, 모두가 접근할 수 있도록 제도적으로 보장해야 한다는 목소리를 그가, 내 친구가 내고 있었다. 책을 만들고 있으면서 이런 생각을 조금도 해 보지 않았다는 게 부끄러웠다. 내 책을 몇 명이나 읽을까 싶었지만 그 몇 명 안에 시각장애인은 없었던 거다.

이제부터라도 내가 할 수 있는 일을 하고 싶어졌다. 친구가 자신의 자리에서 할 수 있는 일을 계속해 왔듯이. 그리고 언젠가 네가 이 글을 볼 수 있다면 좋겠어. 그렇게 되도록 나도 노력할게. 멋있게 살아 주어서 고마워.

예전엔 ------ 가게에서 ------ 만들 ------ 만한 ------ 메뉴를 ------ 찾을 ------ 때 ------ 손이 ------ 많이 ------ 가고 ------ 공정이 ------ 까다로우면 ------ 지레 ------ 포기해 ------ 버렸다. ------ 하지만 ------ 이제는 ------ 받아들인다. ------ 맛있는 ------ 음식의 ------ 기본값은 ------ 그만큼의 ------ 시간과 ------ 정성이라는 ------ 걸. ------ 쉽게 ------ 쉽게 ------ 가려고 ------ 하면 ------ 딱 ------ 고 ------ 정도의 ------ 맛만 ------ 난다는 ------ 걸.

카페 고잉홈 대표 최혜영

— 11

내게도 단골 카페가 생겼다. 공용 작업실이 있긴 하지만 가끔 카페에서 글을 쓰기도 하는데, 계속 옮겨 다니는 통에 단골이라 부를 만한 곳이 그전엔 없었다. 내가 생각하는 단골이란 주인이 나를 기억해 주고 단골손님으로 인정해 주는 곳이다. 그런데 대부분 대화 없이 글만 쓰다 오기 때문인지, 내가 별로 존재감이 없어선지 언제나 나만 상대를 기억했다. 그러던 중에 마침내 나를 기억해 주는 카페 사장님을 만난 것이다.

처음부터 모든 게 마음에 들었다. 그날 작업도 잘되었다. 커피도 맛있어서 한 잔을 더 마셨다. 그 기억 때문에 다음 날 또 갔고, 그다음 날 또, 또. 그렇게 이어졌다. 작은 공간이라 이용 시간이 정해져 있었는데 그러니 오히려 꼭 해야 할 작업을 집중해서 할 수 있었다. 사장님 혼자 운영하는 동네 카페에 손님이 자주 드나드는 걸 보는 것도 기분 좋았다. 어디 멀리서도 커피가 마시고 싶으면 꾹 참고 여기 와서 마셨다. 아, 단골 카페란 이런 거구나! 처음 느꼈다. 계절이 두 번 바뀌는 동안 책 한 권을 완성했고, 서명과 함께 사장님께 드렸다. 가장 필요한 순간에 가장 따뜻한 장소가 되어 주어 고맙다는 인사도 함께.

며칠 뒤 사장님이 어딘가에 남긴 글을 보았다. '맛있는 음식의 기본값은 그만큼의 시간과 정성'이라는 문장에 그동안 그 카페에서 보낸 시간이 떠올랐다. 돌이켜보면 작업이 잘된 날만 있었던 건 아니다. 특히 편집하는 동안에는 이렇게 저렇게 해 봐도 답이 안 나와 시간만 보내고 온 날도 있었다. 이럴 때 유능한 편집자라면 어떻게 했을까. 새로운 책을 만들 때마다 익숙해지기는커녕 왜 더 어려워질까. 그럴 때마다 내가 할 수 있는 일이라곤 커피 한 잔을 새로 주문하는 것뿐이었다. 모든 좋은 것의 기본값은 그만큼의 시간과 정성이라는 사실을 차분히 받아들인 순간이었다.

기분은 ─ ─ ─ ─ ─ 그냥 ─ ─ ─ ─ ─ 드는 ─ ─ ─ ─ ─ 것이라고, ─

─ ─ ─ ─ ─ 우리가 ─ ─ ─ ─ ─ 어찌할 ─ ─ ─ ─ ─ 수 ─ ─ ─ ─ ─

있는 ─ ─ ─ ─ ─ 게 ─ ─ ─ ─ ─ 아니라고들 ─ ─ ─ ─ ─ 생각하

는 ─ ─ ─ ─ ─ 것 ─ ─ ─ ─ ─ 같은데 ─ ─ ─ ─ ─ 그렇지 ─ ─ ─ ─ ─

않다. ─ ─ ─ ─ ─ 자신한테 ─ ─ ─ ─ ─ 맞는 ─ ─ ─ ─ ─ 방법

을 ─ ─ ─ ─ ─ (성실하고 ─ ─ ─ ─ ─ 꾸준하게) ─ ─ ─ ─ ─ 찾으

면 ─ ─ ─ ─ ─ 오늘 ─ ─ ─ ─ ─ 느끼면 ─ ─ ─ ─ ─ 좋겠다고 ─ ─ ─

─ ─ 생각되는 ─ ─ ─ ─ ─ '그 ─ ─ ─ ─ ─ 기분'을 ─ ─ ─ ─ ─ 이

끌어 ─ ─ ─ ─ ─ 낼 ─ ─ ─ ─ ─ 수 ─ ─ ─ ─ ─ 있다.

이기준, 『단골이라 미안합니다』(시간의흐름, 2020)

─12

이것저것 혼자 만드는 생활을 하다 보니 이제는 내 기분까지도 만들어 낼 수 있게 되었다. 어쩌면 이것이 가장 큰 수확인지도 모른다. 이것저것 혼자 만드는 일을 하면서 무엇보다 필요한 건 자신을 얼마나 유연하게 작동시킬 수 있느냐이고, 이건 전적으로 나의 기분에 달려 있기 때문이다. 나쁜 기분에서 벗어나기 위한 숱한 노력에 관해서라면 눈물 없인 들을 수 없는 이야기가 많지만, 자칫 신파로 흐를 수 있으니 여기선 자제하겠다.

인생이 영원하지 않다는 간명한 진리가 나쁜 기분에서 재빨리 빠져나오게 해 주기도 했다. 가뜩이나 1분 1초가 아까운데 내 남은 시간에 나쁜 기분이 끼어들도록 가만두고 볼 수만은 없지 않은가. 눈물 없인 들을 수 없는 이야기는 전반전만으로 족하다. 어느새 인생 후반전을 맞은 나는 주어진 단 한 번의 경기를 재밌게, 그리고 잘 치르고 싶다. 기분 때문에 경기를 망치는 선수가 되고 싶지 않다.

그런데도 기분이 다시 나를 집어삼키는 때가 온다면, 온 힘을 다해 막아 봤지만 나의 약한 틈을 비집고 기어이 나를 망가뜨리려 한다면, 어쩔 수 없이 작전 타임을 외쳐야겠지. 잠시 숨을 고르다가 다시 호루라기 소리가 들리면 경기장 한가운데로 걸어 들어가며 나의 더러운 기분을 향해 이렇게 말할 거다. (『슬램덩크』 서태웅 톤으로) "오늘 여기서 널 쓰러뜨리고 간다!"

하느님, ------저에게------제가------바꿀--

----수------없는------것을------받아들

일------수------있는------차분한------마

음과------제가------바꿀------수------있

는------것을------바꿀------수------있

는------용기와------언제나------그------

차이를------분별할------수------있는----

--지혜를------주소서.

커트 보니것, 『제5도살장』 (정영목 옮김, 문학동네, 2017)

-13

10년 전으로 돌아간다면 무엇을 하고 싶으냐는 질문을 받고 한참 생각했지만 답을 찾지 못했다. 전제부터 도저히 불가능하지 않은가. 드로이안(영화 『백 투 더 퓨처』에 나오는 타임머신 자동차)도 없는데 무슨 수를 써서 10년 전으로 돌아간단 말인가. 내 나이에서 10을 빼는 건 참 좋은 일이지만 나의 10년 전으로 돌아가 뭔가를 하고 싶단 생각은 들지 않는다. 솔직히 마음에 드는 건 별로 없지만 아무것도 바꾸지 않고 그대로 두고 싶다. 하나만 건드려도 지금의 나는 없을 테니까. 지금의 나 역시 썩 마음에 드는 건 아니지만 뭐가 하나라도 달라져서 혹여 작가가 되지 못하거나, 지금의 사람들을 만나지 못하거나, 지금 사는 터전을 벗어나는 일은 원하지 않는다.

불가능한 질문의 답을 생각하는 대신 가능성 있는 질문을 내게 종종 던져 본다. 10년 뒤의 나는 10년 전의 나를, 그러니까 지금의 나를, 오늘의 나를, 어떤 사람으로 기억했으면 좋겠는가. 바꿀 수 없는 과거가 아닌 바꿀 수 있는 미래의 관점으로 오늘을 바라보는 거다. 나의 대답은 '용감한 사람'이다. 쉰이 넘어 마흔의 나를 떠올렸을 때 '용감한 사람'으로 기억했으면 좋겠다. 마음이 하려는 바를 최대한 실행에 옮기는 사람. 시행착오를 두려워하지 않는 사람. 포기하지 않는 사람. 용감한 사람. 이런 기대와 상상으로 오늘 주어진 시간을 후회 없이 잘 보낼 수 있을 것 같다. 앞으로의 10년도.

어쩌면 10년 뒤의 나는 또 다른 10년 뒤를 생각하며 지금보다 더더욱 전지적 미래 관점으로 살고 있을지도 모르겠지만, 아주 가끔은 10년 전의 나를 떠올리며 흐뭇하게 웃었으면 한다. 난 참 대단했지. 무서운 게 없었지. 하고 싶은 건 어떻게든 해 내고 말았지. 이렇게.

우 리 는 ㅡㅡㅡㅡㅡ더ㅡㅡㅡㅡㅡㅡ낮 게ㅡㅡㅡㅡㅡ실 패 한 다 . ㅡㅡ

ㅡㅡㅡㅡ우 리 는ㅡㅡㅡㅡㅡㅡ자 세 를ㅡㅡㅡㅡㅡㅡ바 로 잡 고 , ㅡㅡㅡㅡ

ㅡㅡ자 기ㅡㅡㅡㅡㅡㅡ자 신 을ㅡㅡㅡㅡㅡㅡ추 스 르 고 , ㅡㅡㅡㅡㅡ다

시 ㅡㅡㅡㅡㅡ시 작 한 다 .

대니 샤피로, 『계속 쓰기』(한유주 옮김, 마티, 2020)

아침마다 두려움에 눈을 뜨게 된다고 말한 적 있던가? 어제까지 했던 일이 아무것도 아닌 게 되어 버리는 상황이 세상에서 가장 두렵다고. 그런 두려움을 매일 아침 겪고 있다고. 오늘도 무겁고 참담한 마음으로 눈을 떴다. 부지런한 아침 루틴을 만든다고 해서 이 두려움이 단번에 사라지진 않는다. 내가 부지런히 움직일수록 두려움도 부지런히 나를 뒤쫓는다. 녀석도 나를 닮았기 때문이다.

소재를 찾고 글을 쓰고 책을 만드는 일. 내가 가진 정체성 가운데 가장 자발적이고 능동적인 것이다. 그래서일까. 이게 흔들리면 뿌리가 흔들리는 것처럼 버티기가 힘들다. 스스로 원하고 좋아서 하는 일이 힘든 건 아마도 그래서겠지. 해도 잘 안 되는 것 같고, 내 앞에 뻗은 길만 어두운 것 같고, 지금까지 보내 온 시간이 무용하게만 느껴지는 건 내가 이 일을 아직 좋아하기 때문이라고 믿어 본다. 계속하고 싶고, 더 잘하고 싶기 때문이라고.

고민의 근본적인 이유가 명백해졌으니 이제 더 고민할 필요는 없다. 아니, 있더라도 일단은 하면서 하자. 좋아하는 일을 계속 잘해 보자. 누가 뭐라고 하든 말든 계속하자. 내 앞에 난 길이 어둡다면 불을 밝혀 줄 만한 것들을 찾아서 계속하자. 오늘 실패하더라도 내일 또 일어나서 다시 하자. 이 결심 역시 아침이면 영화 『메멘토』의 주인공처럼 기억 못 할지도 모르니 어딘가에, 바로 여기에 적어 둔다. 일어나면 가장 먼저 창문과 노트북을 열 것. 어제 쓰다 만 글을 이어서 쓸 것. 힘들면 가장 행복한 순간을 떠올릴 것. 그것을 쓸 것.

이 －－－－－ 길 이 －－－－－ 아 니 어 도 －－－－－ 괜 찮 다

고 －－－－－ 말 할 －－－－－ 수 －－－－－ 있 게 －－－－－ 되 기

까 지 －－－－－ 나 －－－－－ 자 신 을 －－－－－ 향 해 －－－－－

수 많 은 －－－－－ 질 문 들 을 －－－－－ 던 졌 다 . －－－－－ 함

부 로 －－－－－ 다 른 －－－－－ 이 의 －－－－－ 고 통 을 －－－

－－－ 판 단 하 지 －－－－－ 않 고 －－－－－ 내 －－－－－ 고 통

을 －－－－－ 남 의 －－－－－ 척 도 로 －－－－－ 재 단 하 지 －－

－－－－ 않 게 －－－－－ 되 기 까 지 －－－－－ 끝 이 －－－－－ 없

을 －－－－－ 것 －－－－－ 같 은 －－－－－ 우 울 의 －－－－－ 시

간 을 －－－－－ 보 내 야 －－－－－ 했 다 .

진고로호, 『공무원이었습니다만』(미래의창, 2022)

－15

회사라는 조직에 머무는 동안 은연중에 배운 게 있었다. 일을 잘하는 것도 중요하지만 잘하는 것처럼 보이는 게 더 중요하다는 사실이었다. 실제론 60퍼센트만 공을 들였어도 100퍼센트의 결과물을 내보일 수 있는 사람이 진정한 일꾼! 나는 이 말을 주변 사람들에게 우스갯소리인 양 떠들고 다녔다. 그리 오래 일한 것도 아니었는데 나쁜 건 왜 빨리 배울까. 그때의 내 모습을 떠올리면 한없이 부끄러워진다.

글 쓰고 책 만드는 일로 하루하루 살면서 느끼는 바가 있다면, 예전처럼 나의 노력을 다른 누군가에게 내보이기 위해 애써 포장할 필요가 없다는 점이다. 무엇을 위해 얼마만큼 노력했는지가 글과 책 속에 고스란히 드러난다. 쓰고 만들면서 했던 일들, 만났던 사람, 느꼈던 감정을 글 속에 그대로 담아서이기도 하지만 언어라는 것은, 문장이라는 것은 내가 어떻게 살아왔고 내 안에 무엇이 들어 있는지 여실히 보여 주는 척도였다. 쓰면 쓸수록 나 자신을 돌아보게 되고 더 나은 방법을 찾게 되는 이유는 바로 그래서다. 내가 걸어온 길이 눈에 다 보이니까.

쓰고 만드는 노력의 결과를 여느 회사처럼 책의 매출과 연결하려 했다면 이 사업을 진즉에 포기했을지도 모르겠다. 내가 연결하고 싶은 건 내 글을 마음으로 읽어 줄 누군가. 통장에 꽂히는 돈보다 중요한 건 그 책을 읽은 누군가의 작고 소중한 응답이다. 작가와 독자라는 평행선을 나란히 걸어 줄 사람이 생겼다는 기쁨은 무엇도 대신할 수 없다. 그런 사람만 있다면 매 순간 100퍼센트를 다 소진한다 해도 힘들지 않을 거다.

저는 －－－－－ 항상 －－－－－ 제 －－－－－ 삶을 －－－－－ 진

행 －－－－－ 중인 －－－－－ 하나의 －－－－－ 작품처럼 －－－

－－－여겨왔어요. －－－－－ 경력을 －－－－－ 쌓아 －－－－－

간다는 －－－－－ 생각은 －－－－－ 그다지 －－－－－ 하지 －－

－－－－않아요.

아녜스 바르다·제퍼슨 클라인, 『아녜스 바르다의 말』(오세인 옮김, 마음산책,
2020) 195쪽

서점 헬로인디북스 이보람 사장님이 어느 라디오 방송에서 내 책을 소개해 준 적이 있다. 『극장칸』이 나오고 얼마 되지 않았을 때였다. 신간이 나오자마자 방송에 소개되는 일은 나 같은 독립출판 작가에겐 로또에 당첨되는 일과 같아서 놀랍고 신기한 마음에 몇 번이나 되풀이해 들었는지 모른다. 사장님은 우선 내가 누구인지를 설명했다. DJ를 포함해 청취자 가운데 나를 아는 사람은 거의 없을 테니까. 이어 내가 지금까지 만든 책을 한 권씩 소개하면서 마지막에 잊을 수 없는 말을 덧붙여 주었다. "이분은 인생에서 버릴 게 없어요. 다 글이 됩니다."

라디오 방송을 통해 사랑 고백을 받는 것보다 더 짜릿하고 행복했다. 누군가의 말을 작은 진주 속에 담아 목걸이로 만들어 걸고 다닐 수 있다면 꼭 저 말이어야 했다. 다른 사람은 몰라도 사장님은 알고 있었구나! 사장님은 그렇게 생각해 주고 있었구나! 물론 사장님은 방송의 모든 회차에서 독립출판 작가 한 명 한 명을 진심으로 소개해 왔을 테지만, 그날만큼은 내가 주인공인 양 종일 신이 나서 웃고 다녔다.

'인생에서 버릴 게 없다. 다 글이 된다.' 이 말보다 더 인생을 잘 살고 싶게 하는 말이 또 있을까. 결국 글이 될 인생이라면 이왕이면 내가 쓰고 싶은 장르로 살아야겠지. 공포물을 즐겨 보긴 하지만 내 인생은 코지 미스터리물 정도면 좋겠다. 작고 귀여운 아마추어 탐정이 사건을 해결하는 가볍고 우스운 이야기. 때로는 해결할 수 없는 커다란 사건을 마주하기도 하지만 괜찮아, 주인공에게는 언제든 서로에게 힘을 실어 줄 수 있는 좋은 사람들이 있으니까.

옛 날 － － － － － 사 람 들 은 － － － － － 숨 기 고 － － － － － 싶 은 － －

－ － － － 비 밀 이 － － － － － － 있 을 － － － － － 때 － － － － － 어 떻

게 － － － － － 했 는 지 － － － － － 알 아 ? － － － － － 산 에 － － － －

－ － 가 서 － － － － － － 나 무 에 － － － － － 구 멍 을 － － － － － 낸 － －

－ － － － 다 음 － － － － － 거 기 다 － － － － － 비 밀 을 － － － － － 털

어 놓 고 － － － － － 진 흙 으 로 － － － － － 막 았 대 . － － － － － 그

럼 － － － － － 비 밀 은 － － － － － 영 원 히 － － － － － 그 － － － － －

나 무 에 － － － － － 갇 히 고 － － － － － 아 무 도 － － － － － 모 르

는 － － － － － 거 야 .

영화 『화양연화』 (왕가위 감독, 2000)

－17

무언가를 반드시 이루기 위해 포기하지 않고 매달리는 사람과, 겉보기엔 아무렇지 않지만 이루지 못한 것에 대한 미련의 고통을 가슴속에 숨긴 채 살아가는 사람이 있다고 해 보자. 이들 중 어느 쪽이 더 나은 삶이라고 감히 판단할 수 있을까. 하는 것과 하지 않는 것이 의지의 문제라고 쉽게 말할 수 있을까.

오랫동안 글을 쓰지 못해 힘들다고 말하는 동료 작가에게 '무엇이 되었든 써야만 그 힘듦에서 헤어날 수 있다'고 말해 놓고 내내 후회했다. 하고 싶어도 할 수 없는 상태에서 느끼는 불안과 공포를 모르는 것도 아니고, 무슨 자신감으로 그런 말을 쉽게 던졌을까. 모두가 쓰고 있지만 쓰는 일에 대한 관점과 태도는 저마다 다르다. 어떤 이에겐 더 높고 깊고 견고한 일이기에 그것에 닿기까지 얼마만큼의 시간이 걸릴지는 아무도 모른다.

포기도 단념도 할 수 없어 괴로울 때 어떻게 하는가. 마음속에 품고 있는 것만으로는 도무지 견뎌지지 않을 때 무엇을 할 수 있는가. 지난 새벽 『화양연화』를 보다가 마지막 장면에서 문득 저런 방법도 있구나 싶었다. 앙코르와트를 찾아간 양조위는 사원 기둥에 난 구멍에 뭐라고 뭐라고 한참을 속삭인다. 무슨 내용일지 짐작은 가지만 그가 무엇을 바랐는지는 아무도 모른다. 알고 보면 소설을 잘 쓰게 해 달라고 빌었을지도.

힘들다고 말할 곳조차 없을 때 찾아갈 수 있는 장소를 떠올려 본다. 나 이전에도 있었고 나보다 더 오래 세상에 남아 있을 곳. 어디에도 비밀이 새어 나갈 걱정이 없는 곳. 시간이 지나도 묵묵히 자리를 지켜 줄 장소에 기대어 나의 고통과 한숨을 털어 놓는다. 그러고 나면 다음 숨을 쉬는 일이 조금은 더 편해지지 않을까. 거기서부터 다시 시작해 볼 수 있지 않을까.

내 가 ㅡ ㅡ ㅡ ㅡ ㅡ 하 는 ㅡ ㅡ ㅡ ㅡ ㅡ 말 , ㅡ ㅡ ㅡ ㅡ ㅡ 아 , ㅡ ㅡ ㅡ ㅡ ㅡ 비

참 해 ,

어 쩌 지 ㅡ

나 ㅡ ㅡ ㅡ ㅡ ㅡ 어 쩌 면 ㅡ ㅡ ㅡ ㅡ ㅡ 좋 아 ? ㅡ ㅡ ㅡ ㅡ ㅡ 그 러 면 ㅡ ㅡ ㅡ

ㅡ ㅡ ㅡ 바 다 가

그 ㅡ ㅡ ㅡ ㅡ ㅡ ㅡ 사 랑 스 러 운 ㅡ ㅡ ㅡ ㅡ ㅡ ㅡ 목 소 리 로 ㅡ ㅡ ㅡ ㅡ ㅡ ㅡ 하

는 ㅡ ㅡ ㅡ ㅡ ㅡ 말 ,

미 안 하 지 만 , ㅡ ㅡ ㅡ ㅡ ㅡ 난 ㅡ ㅡ ㅡ ㅡ ㅡ 할 ㅡ ㅡ ㅡ ㅡ ㅡ 일 이 ㅡ ㅡ ㅡ ㅡ

ㅡ ㅡ 있 어 .

메리 올리버, 「나는 바닷가로 내려가」, 『천 개의 아침』(민승남 옮김, 마음산책, 2020)

ㅡ18

'아침을 힘들어하는 편'이라며 운을 뗄 때는 사람의 입술을 가만히 들여다보았다. 나도 그런데, 하는 마음으로 다음 말을 기다렸다. 그는 메리 올리버의 시를 읽고 아침이 조금 덜 힘들어졌다고 말했다. 완전히 이겨 냈다거나 아침이 좋아졌다고 말하지 않고 '조금 덜 힘들어졌다'고 말해서 믿음이 갔다. 그래서 나도 읽었다. 어떤 책은 이렇게 찾아오기도 한다.

『천 개의 아침』 7쪽부터 입가에 미소가 머물렀다가 17쪽에 이르자 눈가에 눈물이 그렁그렁해졌다. 시를 읽고 운다면 모름지기 눈시울이 살짝 붉어지는 정도가 보기 좋을 텐데 나는 나답게, 나라 잃은 백성처럼 서럽게 울고 말았다. 울면서도 알았다. 이러고 나면 조금은 괜찮아진다는 사실을. 잠시만 독한 치료를 받는 중이라 생각하고 펑펑 울었다. 언젠가 나도 다른 누군가에게 말할 수 있을 것 같았다. 저도 실은 아침을 참 힘들어하는데요, 메리 올리버의 『천 개의 아침』을 읽고……

바다에게 기껏 속내를 털어놨는데 돌아오는 대답이 "난 할 일이 있어"인 것도 놀랍지만, 그 말이 이렇게 포근하게 들릴 수가. '사랑스러운 목소리' 때문일까? 고개를 살짝 수그린 채 자기 일에 열중하고 있지만 사실은 바다도 나를 몹시 신경 쓰고 있나 보다. 내가 어서 괜찮아지기를 바라고 있다는 걸 나는 안다. 문장일 뿐인데 어떻게 그런 게 느껴지냐고? 그게 문장이다. 그래서 우리는 이 세계에 빠져든 이상 글을 쓰고 읽는 일을 멈출 수가 없다. 나도 어서 할 일을 해야겠다.

어떤 － － － － － 것도 － － － － － － 사라져 － － － － － 없어지지 － －

－ － － － 않아요. － － － － － － 당신이 － － － － － － 본 － － － － － 것

은 － － － － － 늘 － － － － － 당신과 － － － － － 함께 － － － － － 있

어요.

존 버거, 『존 버거의 글로 쓴 사진』(김우룡 옮김, 열화당, 2005)

2022년 2월 4일부터 5월 18일까지 걸어서 건널 수 있는 한강 다리를 모두 건넜다. 순서는 내키는 대로였지만 마지막은 해가 지는 최서단의 일산대교를 건너리라고 계획했고 그렇게 했다. 일산대교를 건널 땐 정말로 해가 지고 있었다. 넉 달 동안 스물세 개 다리를 건너는 여정의 마지막을 기억해 주려는 듯이. 2022년의 절반이 지나가기 전에 두 번째로 잘한 일 같다. 다리를 건넌 일.

건너는 동안 시간과 풍경을 기록하고자 사진을 찍었다. 건너면서 관찰하는 일에만 집중하고 싶었는데 생각나는 것들이 많아 정리가 필요할 땐 수첩 대신 휴대폰 녹음기를 켰다. 지금도 어떤 다리를 떠올리면 가슴이 두근거린다. 마치 누군가에게 첫눈에 반했던 순간을 떠올릴 때처럼. 건너기 전까진 다리의 이름과 위치만 알아도 좋겠다고 생각했는데 건너고 나니 거더교, 사장교, 아치교, 트러스교 등 다리의 모양만 봐도 설계 구조를 구분할 수 있게 되었다. 앞으로 걸어서든 차를 타고서든 다리를 건널 때마다 마음 깊이 사랑했고 속속들이 알던 사람을 다시 만나러 가는 기분이 들 것만 같다.

서강대교를 건넌 뒤 마포대교와 원효대교 남단 한강 공원을 지나던 4월의 어느 날이었다. 다리 남쪽의 공원을 제대로 걸었던 적이 없기에 모든 풍경이 새롭게 느껴졌다. 낯설고 아름다운 공원을 걸으면서 지금까지 걸었던 길과 앞으로 걸어 나갈 길을 절대로 잊지 않겠다고 휴대폰 메모장에 적어 넣었다. 그땐 미처 알지 못했다. 걸음을 멈추지만 않는다면 더 아름다운 길이 계속 펼쳐지리라는 사실을.

나 는 －－－－－색 의 －－－－－선 구 자 라 는 －－－－－말 을 －－

－－－－듣 는 다 . －－－－－나 는 －－－－－내 가 －－－－－선 구

자 인 지 －－－－－－몰 랐 지 만 , －－－－－선 구 자 라 는 －－－－－－

말 을 －－－－－－들 어 －－－－－왔 다 . －－－－－그 저 －－－－

－－쭉 －－－－－계 속 하 기 만 －－－－－하 면 －－－－－선 구 자

가 －－－－－된 다 !

사울 레이터, 『사울 레이터의 모든 것』(조동섭 옮김, 윌북, 2021)

좋아하는 작가와 사울 레이터 전시에 다녀왔다. 전시에 가기 전까지 나는 이 사진가에 대해 아는 바가 없었다. 아무것도 모른 채단지 구경만 하고 싶지 않아서 관련 책과 사진집을 미리 살펴보고 영상도 찾아보았다. 정작 중요한 사실, 그가 이미 고인이라는 것만큼은 확인하지 못했다. 그가 찍은 수많은 사진과 생전의 얼굴, 목소리, 그의 말들을 이제야 처음 접하는 내겐 이 모든 게 현재형이라서 그랬나 보다.

그래서였을까. 전시장 1층부터 4층까지 이어진 작품 가운데 가장 인상 깊은 사진은 사울 레이터가 죽은 뒤 그의 작업실을 정리하며 찍은 다른 작가의 사진이었다. 이전 사진과 영상에서 늘 책과 작업물이 잔뜩 쌓여 있고 귀여운 고양이까지 앉아 있던 곳이었는데. 텅 빈 작업실이 한없이 쓸쓸해 보였다. 마치 세상의 마지막을 보는 듯했다. 사진을 보다가 마음이 아파서 주저앉고 싶어졌고, 그러라고 마련된 자리인지 모르지만 잠깐 의자에 앉아서 사진을 봤다. 살아온 대부분의 시간 동안 주목받지 못한 채 그저 자신이 좋아하는 작업을 묵묵히 해 온 그였기에 빈자리가 더욱 컸다. 나는 언제나 이런 예술가에게 마음이 기운다.

독립출판을 하다 보니 조금만 주변을 둘러봐도 자신이 좋아하는 작업을 묵묵히 해 나가는 이들이 보인다. 글을 쓰고 그림을 그리고 사진을 찍는 사람들. 아무도 시키지 않은 일을 오직 좋아하는 마음 하나로 오랫동안 지속해 가는 사람들. 사울 레이터는 색의 선구자이기도 하지만 오랫동안 자기 예술을 말없이 추구하는 이들의 선구자이기도 하다. 그가 뒤늦게나마 많은 사랑을 받는 데에는 두 번째 이유도 크지 않을까. 작품도 물론 그렇지만 삶 자체가 누군가에게 영감과 용기가 되는 사람. 스스로 힘을 내야 하는 우리에겐 이런 선구자가 더 많이 필요하다.

막연할 ーーーーー 때는 ーーーーー 기본적이고 ーーーーー 절실한 ーーーーー 것을 ーーーーー 움켜쥐어야 ーーーーー 한다. ーーーーー 당장 ーーーーー 시급한 ーーーーー 것은 ーーーーー 살아남는 ーーーーー 것이고, ーーーーー 어떻게 ーーーーー 해서든 ーーーーー 잘 ーーーーー 챙겨 ーーーーー 먹고 ーーーーー 따뜻하게 ーーーーー 입고 ーーーーー 다녀야 ーーーーー 한다. ーーーーー 그리고 ーーーーー 다음에는 ーーーーー 좀 ーーーーー 더 ーーーーー 나아지려 ーーーーー 노력하고, ーーーーー 여력이 ーーーーー 되거든 ーーーーー 애인들을 ーーーーー 돌봐야 ーーーーー 한다.

고병권, 『묵묵』(돌베개, 2018)

ー21

'말없이 잠잠하다'는 뜻을 가진 '묵묵하다'의 묵(黙)은 검을 흑(黑)과 개 견(犬)을 합친 글자다. '개가 잠잠히 사람을 따르는 모습'에서 나왔다고 한다. '묵묵하다'의 뜻을 이루는 곳에 개가 숨어 있었다니! 하긴, 개만큼 사람을 잠잠히 따르는 짐승이 또 있을까. 한 시절 나를 묵묵히 따라 주었던 나의 사랑하는 개들이 그리워지면서 마음이 뭉클해졌다. 『묵묵』이란 책을 읽다가 알게 된 사실이다.

카페의 에어컨 바람 때문인지 저자의 문장 때문인지 책을 읽는 내내 귓가에 소름이 돋았다. 어떻게 이런 확고하고 강인한 생각을 그대로 닮은 문장을 쓸까. 장애인, 성소수자, 노동자를 대변하기 위해 쓰고 또 쓰고, 뱉고 또 뱉는 말 가운데 어느 하나도 낡은 것이 없었다. 닮고 싶고 배우고 싶은 시선을 마주할 때마다 책에 표시해 두었더니 책 전체가 표시로 가득 차 버렸다. '묵묵'이란 말을 원래 좋아했지만 잠잠함 속에 날카롭고 예리한 날이 빛나는 진짜 '묵묵'을 만난 기분이었다.

저자가 대학 강의에서 만난 학생들과 대화하는 장면이 특히 인상적이었다. 세월호 참사와 탄핵을 겪는 동안 나라에 대한 불안과 답답함의 그늘에 갇혀 버린 학생들에게 저자는 중국 작가 루쉰이 청년들에게 던진 말을 전한다. '가장 기본적이고 절실한 것을 움켜쥐기'. 움켜쥐고 싶은 그것이 내게는 과연 무엇인가를 생각하게 하는 말이었다. 어려운 때일수록 일상을 유지하는 데에 힘쓰고 가장 가까운 곳을 돌아보라는 말처럼도 들렸다. 한 가지 의문이라면, 근데 왜 애인들을 돌보는 일을 여력으로 하나요? 온 마음을 다해도 모자라지 않을까요? 음, 이 문제는 좀 더 생각해 보자.

지금 ーーーーーー어린이를ーーーーーー기다려ーーーーーー주면, ー

ーーーーー어린이들은ーーーーーー나중에ーーーーーー다른ーーーー

ーー어른이ーーーーーー될ーーーーーー것이다.

김소영, 『어린이라는 세계』(사계절, 2020)

ー22

공을 갖고 하는 놀이는 다 무서웠다. 좁은 골목에서 누군가가 던진 야구공에 이마를 맞은 뒤론 더 그랬다. 초등학교 3학년 체육 시간에 발야구를 한 적이 있다. 공을 제대로 차지도 잡지도 못하는 나를 본 선생님은 갑자기 성질을 부리더니 나더러 방해하지 말고 빠지라고 했다. 30년이나 지났는데 그때의 선생님 표정을 잊을 수가 없다. 발야구를 같이 하는 애들은 가만히 있는데 왜 선생님이 더럽게 성질을 내는지. 체육 시간 내내 혼자 벤치에 앉아 있었다. 그 장면이 초등학교 운동장을 떠올릴 때마다 두고두고 생각났다. 그 선생님은 퇴직했겠지? 꼭 그래야 했을까? 공을 잘 차는 법, 잘 잡는 법을 좀 더 천천히 가르쳐 줄 수도 있었잖아. 그게 선생님이고 어른이잖아. 못됐어, 정말.

그 뒤로도 제 속도에 맞춰 주지 못하는 어린 학생을 상대로 성질부리는 고약한 스승을 여럿 보았지만 모두가 다 그렇진 않았다. 나조차 기대하지 않던 나를 자꾸만 기대하게 해 준 선생님의 얼굴 역시 기억하고 있다. 단거리보다는 장거리를 잘 달리게 생겼다고 말해 준 선생님이 있었기에 숨이 차도 끝까지 달렸고, 멀리뛰기에 앞서 도움닫기를 할 때마다 들리던 "그렇지!" "역시!"라는 선생님의 힘찬 목소리 때문에 늘 내가 뛸 수 있다고 생각했던 거리보다 더 멀리 뛰었다. 그런 날엔 종일 들뜨고 설렜다. 내가 잘하는 일을 친구들 앞에서 큰 소리로 말해 주는 어른이 있다는 건 참으로 든든했다.

누구 덕인지는 몰라도 나는 아주 느린 어른이 되었다. 느리고, 멀리 가는 사람. 아무도 내 앞에서 속도를 내지 않아도 된다. 나는 가장 뒤에서 먼저 간 사람들이 흘린 것들을 대신 줍는 일을 하고 싶다. 그러다 나를 기다려 주는 사람을 만나 같이 주울 수 있다면 고마운 거고.

그는 ーーーーー글을 ーーーーー썼고, ーーーーー마음에 ーー

ーーーー들었다가, ーーーーー읽어보니 ーーーーー형편없다

는 ーーーーー느낌이 ーーーーー들어 ーーーーー고쳐 ーーーーー

보고는 ーーーーー찢어 ーーーーー버렸다. ーーーーー빼고, ーー

ーーーー보태고, ーーーーー무아경에 ーーーーー빠졌는가 ーー

ーーー하면 ーーーーー절망한다. ーーーーー기분 ーーーーー좋

게 ーーーーー잤는가 ーーーーー하면 ーーーーー불쾌한 ーーー

ーーー아침을 ーーーーー맞는다. ーーーーー갑자기 ーーーーー

좋은 ーーーーー생각이 ーーーーー떠올랐는가 ーーーーー하

면 ーーーーー곧 ーーーーー사라져 ーーーーー버린다.

버지니아 울프, 『올랜도』(박희진 옮김, 솔, 2019)

ー23

아침에 눈을 뜨면 새벽에 썼던 글이 생각나 한동안 이불 속에 몸을 숨기고 싶어진다. 아직 아무도 보지 않았는데 그런 글을 썼다는 것만으로도 몹시 부끄러워 도저히 침대 밖으로 나갈 수가 없다. 마치 보내지 말아야 할 사람에게 보내지 말아야 할 메시지를 잘못 전송한 것처럼 후회와 수치심에 몸부림을 치다가 겨우 정신을 차린다. 아직 늦지 않았다! 마음에 걸리는 게 있다면 고치면 된다! 자리를 박차고 일어나 대충 씻고 책상 앞에 앉는다. 노트북을 열어 새벽까지 쓰던 글을 읽어 본다. 걸리는 부분을 찾는다. 어떻게 바꿔도 부끄럽지만 그나마 덜 부끄러운 표현으로 고쳐 본다. 그러고 나면 계속 이어 나갈 의지가 생긴다. 약간은. 다음 날 아침 또다시 불길한 감정에 휩싸여 벌떡 일어나 대충 씻고 책상 앞에 앉아 노트북을 연다. 고친다. 이어 나간다. 다음 날 아침⋯⋯. 영화 『사랑의 블랙홀』처럼 매일 아침 알람이 울릴 때마다 똑같은 하루가 시작된다. 제가 이렇게 살고 있습니다.

각성의 순간이 적진의 안개처럼 몰려오는 아침엔 분명히 괴로움에 눈을 뜨는데, 책상 앞에 앉아 내가 써 놓은 문장을 이렇게도 고쳐 보고 저렇게도 고쳐 보고, 같은 자리에 다른 단어를 넣어 보기도 하고 빼 보기도 하면서 가장 알맞은 단어와 문장을 찾다 보면 어느새 하루가 지나가 있다. 뒷걸음치던 글이 달팽이보다 느린 속도로 이어진다. 그렇게 시간을 보내고 나면 어느 순간 삐걱대고 어긋나던 단어와 문장이 알아서 제 자리를 찾아간다. 어려운 암호를 드디어 해독해 낸 것만 같은 개운함. 다음 날이면 이 희열도 사라지고 만다는 사실을 안다. 그러면 또 어때. 그때 가서 다시 고치면 된다. 끝이 언제인지 모르고, 끝날 때까지 끝난 것이 아닌 이 과정 자체에 빠져들 수 있는 사람이 있다면, (손을 내밀며) 저의 동료가 되어 주시겠습니까?

잘라서 ーーーーー생각하는ーーーーー게ーーーーー중요합니
다. ーーーーー평생ーーーーー살려고ーーーーー하면ーーー
ーーー너무ーーーーー힘들잖아요. ーーーーー일ーーーーー년
만ーーーーー살아ーーーーー보자, ーーーーー한ーーーーー달
만ーーーーー더ーーーーー살아ーーーーー보자, ーーーーー일
주일만ーーーーー더ーーーーー살아ーーーーー보자. ーーーー
ーー하루만, ーーーーー한ーーーーー시간만, ーーーーー십ーー
ーーーー분만, ーーーーー일ーーーーー분만……ーーーーー그렇
게ーーーーー가는ーーーーー겁니다.

이반지하, 『이웃집 퀴어 이반지하』(문학동네, 2021)

ー24

마음이 무거울 때는 막연한 미래를 기약하지 않는다. 오늘만 견
뎌 보자, 오늘 하루만 무사히 보낼 수 있다면 괜찮은 거다, 라고
생각한다. 그동안 가 보고 싶었던 장소의 목록을 살피다 집에서
30분쯤 걸으면 닿는 작은 카페를 떠올렸다. 몇 번 가 봤지만 앉을
자리가 없거나 안타까운 사정으로 임시 휴무를 하니 양해 바란다
는 메모가 붙어 있던 곳이다. 일단 그리로 가자. 오늘 하루만 견
뎌 보자는 계획은, 30분 뒤 그 카페에 들어갈 수만 있다면 반은
성공이다. 가야 할 곳을 정하자 마음이 한결 가벼워졌다. 30분을
걷는 동안 조금 더 가벼워졌다. 카페 문은 열려 있고 자리도 있었
다. 벌써 기분이 나아졌다.

　　내가 걸었던 한강 다리를 하루에 하나씩 그렸다. 잘 그리진
못하더라도 그 다리를 본 사람, 두 발로 걸은 사람, 그날의 풍경
과 분위기를 아는 사람은 나니까, 그런 나를 믿어 보는 거다. 그
림을 배운 적이라곤 학교 교과 과정이 전부이고 특별한 재능이
나 감각도 없지만 믿는 구석이 하나 있었다. 무엇이든 오래 보고,
될 때까지 선을 그어 보면 얼추 비슷하게는 그릴 수 있다는 거다.
글쓰기도 마찬가지다. 재능이나 감각이 없어도 오래 보고, 될 때
까지 하면, 쓰고자 했던 마음이 어느새 활자가 되어 눈앞에 나타
난다.

　　카페에 앉아 오늘 그리기로 했던 마포대교를 그리기 시작
했다. 마포대교만 완성하면 오늘 할 일은 다 한 거다. 마포대교
를 완성하는 것은 오늘 내가 최선을 다해 할 수 있는 유일한 일이
다. 그런 마음으로 정성을 다해 마포대교를 그린다. 오늘이 마지
막인 것처럼 그린다. 내일은 내일의 다리를 그려야 하고, 그렇게
하루 치의 일을 찾아 최선을 다하다 보면 아득하고 갈피를 잡을
수 없을 것만 같은 미래도 어느새 눈앞에 나타나겠지.

이 ------ 책은 ------ 라면 ------ 1인분을 ----

-- 끓이는 ------ 과정의 ------ 기록이면서, ------

동시에 ------ 나에게 ------ 가장 ------ 맛있고 --

---- 간편한 ------ 한 ------ 끼를 ------ 먹이

는 ------ 일의 ------ 가치에 ------ 대한 ------

이야기다.

윤이나, 『라면: 지금 물 올리러 갑니다』(세미콜론, 2021)

—25

윤이나 작가는 지난 2021년부터 최근까지 나를 가장 많이 웃게 한 사람이다. 우린 실제로 만난 적도 없고 아는 사이도 아니지만 그렇다. 그가 황효진 작가와 함께 진행하는 팟캐스트 『시스터후드』를 듣는 동안 나에게 그는 세상에서 제일 말 잘하고 재밌는 사람이었다. 댓글을 달아 본 적도, 메일을 보내 본 적도 없는데 이렇게 책에다 대대적으로 고백한다.

　그가 라면에 관한 책을 썼다는 소식을 듣자마자 바로 읽었다. 웃음이 간절하던 때였다. 무엇보다 그동안 얼마나 많은 라면을 먹었기에 책까지 썼을까 궁금했다. 내게 라면은 혼자서 배고픔을 견디지 못해 먹는 쓸쓸하고 애잔한 음식이었다. 건강에도 좋지 않고, 먹고 나면 포만감보단 죄책감이 앞섰는데…… . 이럴수가, 책을 다 읽기도 전에 어느새 가스 불에 라면 물을 올리는 나를 발견하고야 말았다. 그가 알려 준 적정량의 물과 레시피대로, 한 끼 때우기 위한 라면이 아닌 제대로 맛있게 먹기 위한 라면 요리를 하는 나를.

　끈기에 대해 요즘처럼 오래 생각한 적이 없는데 생각할수록 뚜렷해지는 게 있다. 끈기란 인생의 단 하나뿐인 어마어마한 프로젝트를 수행하기 위해 다른 일을 참거나 포기하는 것이 아니다. 진짜 끈기란 내 몫의 삶 가운데 무엇 하나도 버리지 않고 지켜 내는 것, 주어진 모든 순간을 살아 있게 하는 것이다. 이를테면 다 포기하고 싶은 어느 힘든 밤에 라면을 아주 맛있게 끓여서 기분 좋게 먹는 것.

　고백할 것이 하나 더 있다. 웃으려고 펼쳐 든 책인데 첫 줄을 읽자마자 느닷없이 눈물이 나기 시작했다. 그날 나는 책 속에서 문장이 튀어나와 내 손목을 붙잡고 나를 일으켜 세우는 경험을 했다. 그 황홀한 첫 문장은 이렇다. '지금 집에 라면이 있는가? 있다면 다행이고, 없다면 라면을 사러 가자.' 응, 그래!　63

어떤 ------ 사람을 ------ 이해하고 ------ 싶어

서 ------ 사람들은 ------ 글을 ------ 쓰고 ----

-- 책을 ------ 찾아 ------ 읽고 ------ 또 ----

-- 애써 ------ 상상하지만, ------ 너처럼 ------

온 ------ 세계를 ------ 여행하고 ------ 돌아와

서 ------ 한 ------ 권의 ------ 책을 ------ 완성

하는 ------ 사람은 ------ 정말 ------ 드물겠지.

김초엽, 「로라」, 『방금 떠나온 세계』(한겨레출판, 2021)

진은 스물한 살에 로라를 처음 만났다. 연인으로 지낸 지 10년이 지난 어느 날 로라는 곧 세 번째 팔을 이식할 예정이라고 말한다. 존재하지도 않는 세 번째 팔 때문에 열두 살 이후로 극심한 통증을 느껴 왔고, 세 번째 팔이 생기면 이 통증도 사라질 것 같다는 로라의 말을 진은 이해하지 못한다. 누구에게도 이해받지 못할 것을 알지만 자기 자신이 되는 일을 저버릴 수 없는 로라는 사랑과 이해는 같지 않다고 말한다. 진은 그 말에 동의할 수 없어서 로라와 관련한 책과 논문을 수집하고, 문헌을 조사하고, 인터뷰 대상자를 만나러 세계 곳곳을 다니고, 글을 써서 책을 낸다. 진은 로라를 이해하는 단 한 사람이 되고 싶었다.

김초엽 작가의 소설을 읽기 직전에 읽은 책은 퀴어 페미니즘 장애학 연구자인 전혜은 작가의 『퀴어 이론 산책하기』였다. 작고 사사로운 의문으로 읽기 시작했는데 어느새 산책이 등반이 되었다. 엄청난 두께와 방대한 연구 자료가 마치 하나의 커다란 산이자, 나처럼 길을 몰라서 헤매는 이들을 위한 지도 같았다. 책을 따라 어느 지점까지 왔다가 또 다른 의문이 생기면 책이 다음 방향을 알려 주었다. 그러다 문득 궁금해졌다. 무언가를 이해하고 싶은 마음이 얼마나 간절해야 이런 책을 쓸 수 있을까. 간절하지 않고는 쓸 수도, 읽을 수도 없는 책이었다.

한 권은 소설이고 한 권은 이론서인데도 두 책을 연결해서 읽어선지 비슷하다고 느꼈다. 두 책 모두 이해받고 싶어서 투쟁하거나 애초에 이해받기를 기대하지 않는 이들이 등장한다. 책의 저자 혹은 화자는 이들을 이해하기 위해 포기하지 않고 끝까지 노력한다. 바로 내가 닮고 싶은 모습이다.

그래도 －－－－－－나는 －－－－－－자주 －－－－－－바란다고 －－

－－－－말하고 －－－－－－믿는다고 －－－－－－말한다.

황정은, 『일기』(창비, 2021)

글을 쓰고 책을 만드는 일이란 시시때때로 찾아오는 열등감, 질투심, 자괴감과의 기나긴 싸움이기도 하다. 세상엔 눈부시게 아름다운 책이 너무나도 많고, 계속해서 새롭고 놀라운 책이 탄생하고 있다. 그것이 나를 고통스럽게 한다는 사실 때문에 고통스럽다. 있는 그대로의 아름다움을 나만 느끼지 못할 테니까.

가끔은 바깥세상을 등지고 웅크린 채 눈과 귀를 막기도 한다. 그리고 가만히 생각한다. 나는 이런 사람이구나. 40년 넘게 살아왔으면서 이제야 알게 된 건 모든 경험이 처음이기 때문이다. 나 자신을 간판 삼아 책을 만드는 일도, 그 책으로 시장의 입구에 첫발을 내디딘 것도. 좀 더 일찍 경험했다면 어땠을까. 더 일찍 경험했으니 그 경험이 쌓이고 단단해져서 지금쯤 하늘을 훨훨 날고 있을까. 아니면 너무 일찍 경험하는 바람에 감당하지 못하고 포기해 버렸을까. 어려운 시간을 보내고 있을 땐 차라리 지금이어서, 어릴 때의 내가 아니어서 다행이라고 생각한다.

암흑과의 외로운 사투를 벌이다가도 결국엔 빛이 있는 곳으로, 그래도 해 보자는 의지 쪽으로 나를 움직이고 싶어진다. 이 작동 원리를 설명하긴 좀 어렵다. 이런 일이 반복될수록 본능적으로 가장 취약한 부분을 단련하기 위해 탑재된 애플리케이션이 점점 업데이트된다고 해야 할까. 애초에 이 애플리케이션을 누가 개발해서 내 안에 심어 놨는지는 모르겠지만, 고맙고 밉고 행복하고 고통스럽다. 이 복합적인 감정을 한 단어로 옮기자면, 희망이다. 그래서 다시 책을 읽고 글을 쓴다.

가 야 ― ― ― ― ― 할 ― ― ― ― ― 길 이 ― ― ― ― ― 아 니 라 면 ― ― ―

― ― ― 아 무 리 ― ― ― ― ― 멀 리 , ― ― ― ― ― 아 무 리 ― ― ― ― ― 많

이 ― ― ― ― ― 걸 어 갔 다 ― ― ― ― ― 해 도 ― ― ― ― ― 미 련 ― ― ― ―

― ― 두 지 ― ― ― ― ― 말 고 ― ― ― ― ― 냅 다 ― ― ― ― ― 돌 아 ― ― ―

― ― ― 나 오 는 ― ― ― ― ― 게 ― ― ― ― ― 좋 다 .

심혜경, 『카페에서 공부하는 할머니』(더퀘스트, 2022)

―28

도서관에서 일하는 동안 열심히 참여했던 모임이 있다. '한 도서관 한 책 읽기', 줄여서 '한책' 모임이다. 각 도서관 담당 사서들이 한 달에 한 번씩 모여 '한책' 추천도서를 권하고 읽고 토론하는 모임인데, 단지 나의 근무지를 잠시 떠나 있는 것만으로도 숨통이 트였다. 그때 만난 한 분이 심혜경 선생님, 『카페에서 공부하는 할머니』의 저자다.

책이 나온 것을 보고 두 번 놀랐다. 우선 표지 그림이 내 기억 속의 선생님 모습 그대로였다. 정년퇴임을 1년 앞두고 있던 선생님은 청바지와 후드티, 더플코트가 무척이나 잘 어울렸다. 따라 입고 싶을 정도였다. 책 제목을 보고 두 번째로 놀랐다. 할머니의 모습은 전혀 아니었으니까. 목차의 첫 번째 제목이 '매일매일 공부하는 할머니가 되고 싶어'인 것을 보고 괜스레 마음을 쓸었다. 현재가 아니라 희망 사항이란 얘기니까. 근데 할머니가 뭐 어때서 마음까지 쓸었을까. 우린 모두 할머니가 될 텐데. 그것도 운이 좋다면 말이다.

책을 읽는 동안 선생님의 건강한 목소리가 귓가에 들리는 듯했다. 그때도 선생님은 늘 활기찼다. 언제나 바빴지만 미소에는 여유가 흘렀다. 훗날 내가 책을 만들고, 도서관을 그만두고, 다음 책을 만드는 동안에도 곁에서 용기를 북돋워 주었다. 오랜만에 만난 선생님의 문장 속에서 후드티와 더플코트만큼이나 따라 하고 싶은 인생 비법을 찾았다. 그중 지금 가장 기대고 싶은 말은, 길이 아니라면 돌아 나와도 괜찮다는 말. 인생은 긴긴 레이스다. 언제든 다시 시작해도 늦지 않다.

1년에------2200시간------이상------근무하

는------것이------목표다.

장강명, 『책 한번 써봅시다』(한겨레출판, 2020)

2021년 4월부터 구청에서 마련해 준 공용 작업실에 출근해서 글을 쓰고 있다. 입주 작가 모집 공고가 날 때까지 석 달간 비지정석을 사용하다 본격적으로 내 자리가 생긴 건 여름부터. 입사하고 3개월간의 수습 기간을 거쳐 마침내 정식 사원증을 받은 『미생』의 장그래가 된 기분이었다. 오랫동안 집과 카페를 전전하며 작업하다가 코로나19 상황에서 카페에 드나드는 것도 여의찮아진 무렵에 대용량 공기청정기와 최첨단 환기 시스템을 갖춘 크고 넓은 작업실이 생겼으니 신이 날 수밖에.

입주 첫날은 2021년 7월 16일. 덥고 습했다. 작업실 책상 옆으로 커다랗게 나 있는 통창 바깥에는 검은 구름이 위협하듯 도열해 있었고, 늦은 오후가 되자 비가 내렸다. 폭우였다. 그날부터 작업실에 출근하면 사흘에 한 번꼴로 그런 날씨가 찾아왔다. 통창 때문인지 천둥 번개가 몰아치는 폭우 한가운데서 꿋꿋하게 글을 쓰는 기분이었고, 그때쯤엔 작업실에 사람도 별로 없어서 살짝 무서우면서도 은근히 짜릿했다. 고정된 장소에서 고정된 자세로 앉아 글만 쓰는 동안에는 아무 일도 벌어지지 않는다. 긴장과 탄력을 늦추지 않도록 도와주는 요소가 딱 하나 있었는데 그게 바로 변화무쌍한 여름 날씨였다. 작업실에서 여름을 보내는 동안 여름이 좋아졌다.

가을과 겨울을 지나 다시 봄이다. 나는 항상 그 자리에 앉아 있는데 창밖의 풍경은 시시각각 달라진다. 오늘은 이런 하늘을 보여 줄게, 오늘은 붉게 물든 단풍을 보여 줄게, 오늘은 바람을, 오늘은 비와 구름을. 계절이 다가왔다 사라지는 모습을 지켜보았을 뿐인데 어느새 손에는 내가 만든 새로운 책 한 권이 들려 있다. 봄이 지나면 여름이 오는 것처럼 자연스럽게.

때 때 로 ー ー ー ー ー ー 조 바 심 이 ー ー ー ー ー ー 드 는 ー ー ー ー ー ー 마 음

을 ー ー ー ー ー ー 추 스 르 고 ー ー ー ー ー ー 꾸 준 히 ー ー ー ー ー ー 하 루 를 ー ー

ー ー ー ー 쌓 아 ー ー ー ー ー ー 올 리 는 ー ー ー ー ー ー 일 에 만 ー ー ー ー ー ー 집

중 하 려 ー ー ー ー ー ー 해 요 .

「모두에게 봄이 오길 바라는 마음으로—그래픽 노블 스튜디오 '우드파크 픽처북스'」,
『디자인프레스』(2022.02.16.)

공용 작업실 입주 작가들을 위한 모임이 열린 적이 있다. 한동안 꼬박꼬박 참석한 이유는 정보 교환과 친목 도모가 아니라 공짜로 나눠 주는 샌드위치와 커피 때문이었다. 그날도 조용히 앉아 내 몫의 샌드위치를 야금야금 먹고 있었다. 그런데 불쑥 내게 질문이 들어왔다. 어떻게 작업하고 있어요? 머릿속이 하얘졌다. 샌드위치 속 피클이 목구멍에 걸린 건 물론이고. 그저 다른 사람들의 이야기를 들으러 왔다고 얼버무리려다가, 사실은 샌드위치 먹으려고 신청한 것뿐이라고 말하려다가, 내가 어떻게 작업하고 있는지 있는 힘껏 생각해 보았다. 왠지 그래야 할 것 같았다. 이들이 여기 모인 이유는 나처럼 남의 작업 방식을 염탐하기 위해서도, 샌드위치와 커피만 축내기 위해서도 아닐 테니까.

"나는 외주를 겸하는 것도 아니고(아무도 내게 일을 주지 않는다) 마감이 따로 있는 것도 아니다(아무도 내게 마감을 정해 주지 않는다). 일단 쓰고 싶은 글을 쓰고, 그 글이 모이면 책으로 만든다. 편집과 디자인과 인쇄와 유통을 혼자 진행해야 하므로 절대적으로 필요한 건 시간이다. 깨어 있는 시간을 최대한 활용한다. 특히 여기 와 있는 동안에는 감금되었다고 생각하고 쓴다(가장 행복한 감금이다). 한 가지 주제를 생각하고 완결될 때까지 쓴다. 다른 생각은 하지 않는다. 그냥 쓴다."

귀가 솔깃할 만한 작업 방식도 아니고 이렇게 해서 이뤄 낸 것도 딱히 없다. 누군가의 성공 노하우를 듣고 싶어서 이 자리에 모인 건 아니겠지만 누구나 알고 있는 고리타분한 소리나 들으려고 모인 것도 아닐 텐데. 말을 해 놓고 나니 샌드위치를 먹고 있기가 민망해졌다. 혼자 있을 땐 잘 다스리다가도 사람들 앞에만 서면 초조해지는 마음까지는 아직 어쩌지 못해서, 샌드위치는 혼자 사 먹기로 했다.

그저 ㅡㅡㅡㅡㅡㅡ오늘 ㅡㅡㅡㅡㅡㅡ집을 ㅡㅡㅡㅡㅡ나섰다

가 ㅡㅡㅡㅡㅡ다시 ㅡㅡㅡㅡㅡ집으로 ㅡㅡㅡㅡㅡ돌아올 ㅡㅡㅡ

ㅡㅡㅡ수 ㅡㅡㅡㅡㅡ있는 ㅡㅡㅡㅡㅡ이야기, ㅡㅡㅡㅡㅡ제대

로 ㅡㅡㅡㅡㅡ살아 ㅡㅡㅡㅡㅡ보고 ㅡㅡㅡㅡㅡ싶은 ㅡㅡㅡㅡㅡ보

통 ㅡㅡㅡㅡㅡ사람들에 ㅡㅡㅡㅡㅡ관한 ㅡㅡㅡㅡㅡ이야기.

조경란, 『소설가의 사물』(마음산책, 2018)

ㅡ31

작가가 되는 방법을 찾아 강연을 들으러 다닌 적이 있다. 책으로만 만났던 작가의 모습을 직접 보고 목소리를 듣는 것만으로도 꿈을 향해 한 발짝 다가가는 것만 같았다. 이런 마음을 잘 아는지 그때 만났던 작가들이 한목소리로 해 준 말이 있다. "작가가 되려면, 지금 쓰고 있는 이야기를 끝맺으세요."

시작은 했지만 맺지 못한 이야기가 많았다. 학교에서 배운 대로 발단−전개−위기−절정−결말까지 다 구상해 놓고도 쓰다 보면 어째선지 이야기가 이어지지 않았다. 억지로 연결을 지으려다 보니 쓰는 게 재미없어졌다. 자, 다음 이야기! 습작을 출력한 종이가 키만큼 쌓이면 작가가 되어 있을 거라는 말을 맹신하면서 중요한 전제 하나를 놓치고 있었다. 어떻게든 완성한 습작이어야 한다는 것.

그 뒤로도 이야기를 끝맺는 일은 쉽지 않아서 생각을 달리해 보기로 했다. 끝맺을 수 있는 이야기를 시작하자. 너무 길지 않은 이야기를 쓰자. 먼 곳이 아닌 주변에서 일어나는 일들을 쓰자. 이야기 속에서 누군가 집을 나섰다면 반드시 어딘가에는 도착하게 해 주자. 하고 싶은 일을 하게 해 주자. 물건을 잃어버렸다면 찾아 주고, 보고 싶은 사람이 있다면 만나게 해 주자.

끝맺음의 경험이 하나둘 쌓일 때마다 좋은 사람이 되었다는 착각이 덤으로 따라왔다. 지금 쓰고 있는 글을 완성하는 것만으로도 이전보다 나은 사람이 될 수 있다는 믿음이 글을 완결지었다. 한 편, 한 권이 나를 앞으로 나아가게 했다.

사 람 들 이 - - - - - 좋 아 하 는 - - - - - 사 람 을 - - - - - 이

야 기 할 - - - - - 때 - - - - - 나 는 - - - - - 그 - - - - -

이 름 을 - - - - - 이 니 셜 로 - - - - - 말 하 며 - - - - - 성 별

을 - - - - - 알 - - - - - 수 - - - - - 없 는 - - - - - 특 징 으

로 만 - - - - - 설 명 했 다 .

서한나, 『사랑의 은어』(글항아리, 2021)

소수자와 관련한 책을 쓴 저명한 작가의 강연이 끝나고 질문 시간이 이어졌다. 질문을 하려고 객석에서 손을 든 한 독자를 향해 사회자가 "저기, 남자분!"이라고 말했는데, 짧은 머리에 안경과 모자를 쓰고 어두운 옷을 입고 있던 그 독자는 남자가 아니었다. 그의 목소리를 듣고 나자 사회자와 작가를 비롯해 거기 모인 모두가 당황했다. '소수자의 감정과 인권'이라는 그날 강연 주제와 매우 모순된 상황이 벌어진 가운데 아무렇지 않은 사람은 그 독자뿐이었다. 평소에도 많이 받아 본 시선이라는 듯.

나 역시 사람을 마주할 때 성별부터 가르는 습관을 오랫동안 가지고 있었다. 물어보지 않고도 알 수 있는 가장 쉬운 분별법이라고 생각했다. 이제는 열 손가락으로도 셀 수 없을 만큼 많아진 젠더의 이름 앞에서 눈에 보이는 대로 상대를 판단하지 않기로 다짐한다. 상대를 바라볼 땐 눈이 아닌 마음을 열어야 한다고 되새긴다. 시간이 걸리더라도 더 많이 생각하고, 오래 대화하고, 깊이 이해하려고 노력하면서 각자의 정체성을 발현해 나갈 수 있도록 천천히 기다리고 싶다.

"글에서 성별을 지워 봐." 수년 전 내 글을 봐주던 친구의 말이다. 당시만 해도 글에서 성을 지우면 어떤 일이 벌어지는지 알지 못했다. 성을 지웠으니 성별을 알려 주는 외양 묘사도 감춰야 했다. 그렇다면 어떻게 인물을 드러낼 수 있을까. 고민과 달리 성별 하나만 감추어도 다른 가능성이 샘솟았다. 그 사람의 눈빛과 표정, 입술과 목소리의 떨림, 손동작, 말할 때 주로 사용하는 단어, 질문과 대답의 방식 등등 탐구하고 상상할 것이 무수히 많아졌다. 이런 상상이 그를 더 매력적이고 사랑스러운 인격체로 만들어 준다는 사실도 알게 되었다. 이제는 현실에서 만나는 사람도 내 눈엔 그렇게 보인다.

'나 는 ㅡㅡㅡㅡㅡㅡ 한 ㅡㅡㅡㅡㅡㅡ 명 분 '이 라 고 ㅡㅡㅡㅡㅡㅡ 생 각 하

면 ㅡㅡㅡㅡㅡㅡ 막 막 하 다 . ㅡㅡㅡㅡㅡㅡ 이 ㅡㅡㅡㅡㅡㅡ 삶 을 ㅡㅡㅡㅡ

ㅡㅡ 혼 자 서 ㅡㅡㅡㅡㅡㅡ 책 임 져 야 ㅡㅡㅡㅡㅡㅡ 한 단 ㅡㅡㅡㅡㅡㅡ 말 인

가 ?

최진영, 『내가 되는 꿈』(현대문학, 2021)

내 안에 두 개의 믿을 만한 자아를 둔 건 줌파 라히리의 문장을 만난 이후였다. 『책이 입은 옷』에서 '글 쓰는 과정이 꿈이라면 표지는 꿈에서 깨는 것'이라는 문장을 발견하자마자 평생의 잠언으로 삼기로 다짐했다. 어떤 감정에 푹 빠져 글을 쓰는 순간엔 정말로 꿈을 꾸는 것처럼 달콤하지만, 그것을 책으로 만들 때는 또 다른 각성이 필요하다. 글 쓰는 동안에는 어딘가에 꼭꼭 숨어 보이지 않던 가장 이성적이고 현실에 눈 밝은 자아를 소환해야 한다. 근데 얘 어디 갔지?

만든 책이 점점 늘어나면서 현실적 자아가 필요한 순간도 잦아졌다. 이전 책보다 나아야 한다는 압박, 다른 출판사의 책과 달라야 한다는 강박도 점점 거세졌다. 글 쓸 땐 몰랐는데 책을 만들려고 하니 허점이 너무 많이 보였다. 받을 사람의 사정은 생각지도 않고 내 마음대로 고른 선물처럼 미련하고 초라했다. 다행인 것은 이처럼 '각성하는 나'가 존재한다는 사실이다. 정신 차리고 주위를 깊이 살피는 나의 역할은, 앞뒤 가리지 않고 돌진하듯 글을 쓰는 나에게 더없이 중요하다.

오늘도 책 한 권 만들기 위해 둘로 쪼개진 나는 불침번 서듯 돌아가며 자기 일을 하고 있다. 자아 분리와 분열 사이의 아슬아슬한 경계를 지키면서, 어느 한쪽이 무뎌지거나 무너지지 않도록 서로를 붙잡아 주면서 말이다. 한 몸에 두 자아가 있고, 지금은 어느 때보다 이들의 협력이 필요한 시기다. 내일은 밥을 많이 먹어야겠다.

나는 ー ー ー ー ー ー 나 한 테 ー ー ー ー ー ー 주 어 지 는 ー ー ー ー ー ー 모 든 ー ー

ー ー ー ー 세 계 를 ー ー ー ー ー ー 빠 짐 없 이 ー ー ー ー ー ー 살 아 ー ー ー ー ー ー

보 고 ー ー ー ー ー ー 싶 어 요 .

안윤, 「모린」, 『팔꿈치를 주세요』(큐큐, 2021)

좋은 글을 읽은 날에는 반드시 쓰게 된다. 경험해 본 적 없는 세계를 만나고, 나를 넘어서는 감정을 느낀 날에는 가슴이 뛰어서 잠도 오지 않는다. 쓰지 않고는 배길 수 없는 순간이 찾아온다.

기억을 떠올려 보면 글을 쓰지 않던 때의 나는 이런 순간에 주로 걸었다. 작은 몸에 들어온 엄청난 에너지를 해소할 방법은 내처 걷는 것뿐이었다. 전철역 대여섯 구간씩 되는 거리를 방랑자처럼 쏘다녔다. 걸어간 거리만큼 내 몸이 커지는 것도 아닌데, 그 거리가 다 내 집이 되는 것도 아닌데 꼭 그런 기분이 들었다. 낯선 감정에 대한 항체가 생기는 느낌이랄까. 진을 쏙 빼고 집에 돌아와서야 곤히 잘 수 있었다. 종일 나를 움직였던 정체 모를 그것은 사랑이나 미움이기도 했고, 미래에 대한 두려움이나 희망이기도 했다.

이제는 그런 순간이 오면 운동화를 고쳐 신기보다 노트북을 펼친다. 목구멍 밖으로 마구 쏟아져 나오는 말들을 길 위에 내버리는 대신 두 손에 고이 담아 작은 화면 위에 옮긴다. 안윤 작가의 「모린」이란 단편소설을 읽은 날에도 나는 책상 앞에 앉아 노트북을 열었다. 글로 지은 세계가 너무 아름다워서, 모든 아름다운 것들이 그렇듯 그저 신기루처럼 사라지는 것을 두고만 볼 수 없어서. 나도 모르게 입에서 새어 나오는 감탄사처럼 나의 글을 시작했다.

나는 지금도 수시로 다른 이의 작품을 탐색하고 탐닉한다. 주어진 모든 삶을 살아 보고 싶은 내게 누군가의 작품은 또 다른 세계를 이어 주는 다리가 된다. 나는 걷거나 뛰어서, 또는 난간을 짚고 훌쩍 날아서 그 세계에 닿는다. 하나의 세계가 무너져도 금세 다른 세계로 나아가는 방법을 나는 안다.

엘로이즈 : ー ー ー ー ー ー 끝 이 란 ー ー ー ー ー ー 건 ー ー ー ー ー ー 어 떻

게 ー ー ー ー ー 알 아 요?

마 리 안 느 : ー ー ー ー ー 그 리 기 를 ー ー ー ー ー ー 멈 추 면 ー ー ー ー ー ー 끝

난 ー ー ー ー ー 거 예 요.

영화 『타오르는 여인의 초상』(셀린 시아마 감독, 2019)

— 35

한강 다리를 그리려고 내가 찍었던 사진과 인터넷에서 참고할 만한 자료를 검색하다 보니 그리려 하지 않았다면 모르고 넘어갔을 디테일이 눈에 들어왔다. 다리의 아치가 몇 개인지, 아치의 곡률은 어느 정도인지, 아치 안에 세로줄이 몇 개인지, 어느 방향으로 얼마나 기울어져 있는지……. 이런 부분은 똑같이 그리려고 마음먹고 관찰해야만 보였다. 어떤 것을 잘 알고 싶으면 그것을 쓰면 되고, 더 잘 알고 싶으면 그것을 그리면 된다는 사실을 새삼 깨달았다.

영화 『타오르는 여인의 초상』에서 화가 마리안느는 결혼을 앞둔 엘로이즈의 초상화를 몰래 그려 달라는 의뢰를 받는다. 마리안느는 엘로이즈를 오랫동안 관찰하며 그림을 그리지만 마리안느가 몰래 그린 그림은 실패를 거듭하고, 두 사람 사이에는 오해와 갈등만 쌓여 간다. 사실을 고백한 뒤 모델과 화가로 마주 선 마리안느와 엘로이즈. 이들 사이에 시간이 쌓이고 서로를 바라보는 시선에 사랑이 담기자 화폭에도 생기가 돈다. 동등한 관계에서 서로를 오래 바라보고, 그리고, 다시 바라보고, 그린다. 내가 가장 이상적으로 여기는 창작의 방식이자 사랑의 방식이다. 머릿속이 아닌 눈앞에 존재하는 그대로를 바라보는 일. 무언가를 제대로 그리기 위해서도, 사랑을 이어 가기 위해서도 가장 필요한 일이라는 걸 나는 언제쯤 머리가 아닌 가슴으로 이해할 수 있을까. 언젠가 그날이 오면 한강 다리가 아닌 살아 있는 사람을 그려 보고 싶다. 몰래 그리지 않고, 제대로 바라보며.

당신은ーーーーー해파리예요.ーーーーー눈도ーーーーー코

도ーーーーー없어요.ーーーーー생각도ーーーーー없어요.ーー

ーーーー기쁘지도ーーーーーー슬프지도ーーーーー않아요.ーーー

ーーー아무ーーーーー감정도ーーーーー없어요.

영화 『헤어질 결심』(박찬욱 감독, 2022)

ー36

나는 글을 쓰는 기계다, 그 밖에 아무 생각도 하지 않는다, 슬퍼하지도 기뻐하지도 않는다……. 노트북 앞에 앉으며 종종 읊조리는 주문이다. 누군가는 놀랄지도 모르겠다. 좋아서 쓰는 거 아니었나? 좋아하긴 하지만 글을 쓰는 모든 순간을 좋아하는 건 불가능하지 않을까. 누군가를 사랑하는 모든 순간이 절정이 아니듯. 나머지를 채우는 건 인내와 노력이다. 그리고 변하지 않으려는 마음. 그 마음을 지키기 위해 기계가 되기를 선택한다.

기계가 되는 방법은 간단하다. 단순해지면 된다. 글쓰기 환경에 최적인 입력값을 지정하고 그대로 따른다. 시간과 장소, 커피의 맛과 온도, 작업실과 카페를 오고 가는 거리, 길에서 듣는 플레이리스트까지, 글을 쓰는 동안 직간접적으로 영향을 미치는 모든 것을 제어한다. 마음을 어지럽히고, 자존감을 낮추고, 허무주의에 빠지게 하는 복잡하고 감정적인 모든 요소를 통제한다. 당연한 말이지만 핸드폰도 켜지 않는다. 물론 쉽지 않다. 인간인데 어떻게 기계가 되는가. 하지만 3분 정도라면 가능하지 않을까? 5분은? 10분은 어떤가? 그렇게 시간을 조금씩 늘려 보는 거다. 시간이 점점 늘어나고 있다는 사실을 뒤늦게 알아차릴 때까지.

복잡하게 생각하지 말자. 그저 오늘 어디로 가야 하는지, 무엇을 해야 하는지만 생각하자. 일주일쯤 반복하다 보면 몸이 순서를 기억한다. 여기서부턴 생각을 아예 하지 않는 것이 중요하다. 생각은 방해만 될 뿐, 몸이 알아서 움직이도록 내버려 둔다. 정해진 장소에 가서 자리에 앉아 글을 쓰고 오는 것은 생각이 아니라 나의 정직하고 부지런한 몸, 기계처럼 단순한 몸이다.

영감을 ーーーーー찾는ーーーーーー사람은ーーーーーー아마추어이

고, ーーーーーー우리는ーーーーーー그냥ーーーーーー일어나서ーーー

ーーー일을ーーーーーー하러ーーーーーー간다.

필립 로스, 『에브리맨』(정영목 옮김, 문학동네, 2009)

ー37

하루 루틴이 어떻게 되느냐는 질문을 받은 적이 있다. 3초간 고민하다 질문을 받은 시점을 기준으로 대답했다. 나의 루틴은 시기마다 조금씩 바뀌기 때문이다. 이것도 루틴이라고 할 수 있다면 말이다.

내 루틴은 쓰고 있는 글이 무엇이냐에 따라 달라진다. 주제마다 쓰는 방식이 다르니 거기에 맞춰서 루틴을 바꿔 나간다. 기차가 등장하는 영화에 관한 글을 쓸 땐 대체로 조용한 밤에 혼자서 영화를 보고 메모를 하고, 그걸 바탕으로 낮에 집중해서 글을 썼다. 24절기마다 절기에 관한 글을 쓰기로 계획하고 개인 블로그에 연재할 땐 절기마다 글을 쓰는 것 자체가 나의 루틴이었다.

최근에는 한강 다리를 건너면서 생각한 것을 기록해 보기로 했다. 이번엔 계획을 좀 더 촘촘히 세웠다. 하나, 두 다리로 걸어서 건널 것(자전거를 탈 줄 모르니까). 둘, 혼자 건널 것(같이 걷자고 할 만한 사람이 없으니까). 셋, 낮에 건널 것(혼자 걸어서 건너야 하는데 밤은 무서우니까). 넷, 건너고 난 뒤 그곳에서 반드시 글을 시작할 것(나중엔 까먹으니까).

이번 글을 쓰는 동안에는 이 계획이 곧 나의 루틴이 될 것이다. 나는 책상 앞에 앉아 머리카락을 쥐어뜯으며 억지로 문장을 떠올리는 대신 아침마다 오늘은 어느 다리를 건널까만 생각하면 된다. 걷기에 가장 편안한 옷을 걸쳐 입고 운동화를 신은 뒤 집을 나서면 된다. 대낮에 추레한 차림으로 한강 다리를 건너는 사람이라…… 한가해 보이긴 해도 일하는 중입니다만?!

물론 ------ 예전에도 ------ 수없이 ------ 넘어졌

다. ------ 다른 ------ 게 ------ 있다면 ------

덜 ------ 넘어지게 ------ 되었다는 ------ 것.

강소희·이아리, 『내일은 체력왕』(미디어창비, 2021)

쓰기나 읽기가 아닌 활동적인 취미를 가져 보면 어떨까, 생각하며 터벅터벅 걷고 있을 때 눈앞에 번쩍 나타난 게 농구 골대였다. 그 아래서 여자 둘이 농구를 하고 있었다. 운동화와 코트 바닥의 마찰 소리, 두 사람의 가쁜 숨소리가 내 귀에 와서 꽂혔다. 그날 바로 농구공을 주문했다.

　　내 인생에 농구를 하는 날이 올 줄은 몰랐다. 영화 『에브리씽 에브리웨어 올 앳 원스』에 다른 차원으로 가기 위해 일반적이지 않은 행동을 하는 장면이 나오는데 내겐 농구가 그런 행동이었다. 공을 바닥에 내려쳤다가 다시 올라오는 공을 또 내려치는 것(드리블)을 몇 번 반복했더니 어느새 농구인이 되었다. 하다 보니 공을 가슴 근처에서 두 손으로 던질 때(체스트슛) 몸이 앞으로 기울어지지 않도록 자세를 신경 쓰게 되었고, 계속 하다 보니 던진 공이 림이나 백보드에 맞고 튀어나올 때(리바운드) 공에 맞을까 봐 피하기 바빴던 내가 어느 순간 그 공을 다 받아 내고 있었다. 농구를 하고 온 날에는 다이어리에 농구공을 그렸다. 원핸드슛과 레이업슛을 성공한 날에는 일기를 썼다. 농구 경기도 처음으로 관람했다. 3년 만에 열린 '퀴어 여성 게임즈'에서였다. 경기를 보면서 게임 규칙을 하나씩 익혔고, 응원하는 팀과 선수가 생겼다. 내가 저 코트에 서는 일은 또 다른 차원에서나 가능하겠지만 뛰고 있는 선수들을 보는 것만으로도 가슴이 벅찼다.

　　사실은 농구 얘기를 하려던 게 아니다. 내게 고비가 찾아왔을 때, 자연스럽던 일상이 무너지고 계획한 일들을 하나도 해 내지 못할 거라는 절망에 빠졌을 때, 그 시기를 어떻게 보냈는지에 관한 이야기를 하고 싶었다. 지금도 농구공을 볼 때마다 그때 나를 도와준 또 다른 내가 보인다. 나보다 좀 더 용감하고 활기찬 다른 차원의 나를 불러내는 일은 생각보다 어렵지 않았다. 농구공을 들고 날마다 운동장에 가는 것.

나는 ─ ─ ─ ─ ─ ─ 어딘가에서 ─ ─ ─ ─ ─ ─ 무언가를 ─ ─ ─ ─ ─ ─ 하고 ─ ─ ─ ─ ─ ─ 있을 ─ ─ ─ ─ ─ ─ '지현', ─ ─ ─ ─ ─ ─ '은영', ─ ─ ─ ─ ─ ─ '지은'을 ─ ─ ─ ─ ─ ─ 상상한다. ─ ─ ─ ─ ─ ─ 어떤 ─ ─ ─ ─ ─ ─ 형태로든 ─ ─ ─ ─ ─ ─ 삶을 ─ ─ ─ ─ ─ ─ 계속하고 ─ ─ ─ ─ ─ ─ 있는 ─ ─ ─ ─ ─ ─ 그들을 ─ ─ ─ ─ ─ ─ 생각하면 ─ ─ ─ ─ ─ ─ 어쩐지 ─ ─ ─ ─ ─ ─ 마음이 ─ ─ ─ ─ ─ ─ 뭉클하다. ─ ─ ─ ─ ─ ─ 그리고 ─ ─ ─ ─ ─ ─ 조용히 ─ ─ ─ ─ ─ ─ 다짐한다. ─ ─ ─ ─ ─ ─ 나 ─ ─ ─ ─ ─ ─ 역시 ─ ─ ─ ─ ─ ─ 그저 ─ ─ ─ ─ ─ ─ 계속하겠다고. ─ ─ ─ ─ ─ ─ 그리고 ─ ─ ─ ─ ─ ─ 내가 ─ ─ ─ ─ ─ ─ 그들에게 ─ ─ ─ ─ ─ ─ 바란 ─ ─ ─ ─ ─ ─ 것 ─ ─ ─ ─ ─ ─ 이상을 ─ ─ ─ ─ ─ ─ 나 ─ ─ ─ ─ ─ ─ 스스로에게 ─ ─ ─ ─ ─ ─ 바라지 ─ ─ ─ ─ ─ ─ 않겠다고.

최다혜, 『아무렇지 않다』(씨네21북스, 2022)

자신만의 책을 만들고 싶지만 당장 필요한 돈을 버느라 외주 작업에 떠밀려 사는 일러스트레이터 김지현, 대학에서 미학을 가르치고 있지만 교수가 되는 길은 요원하고 생활비를 마련하려면 다른 아르바이트를 해야만 하는 시간강사 강은영, 비싼 재료비를 대느라 컵라면으로 끼니를 때우는 가난한 무명 화가 이지은. 아크릴 물감으로 종이 위에 그린 이 그래픽 노블의 어떤 페이지는 쉬이 넘어가지 않았다. 그저 좋아하는 일을 계속하고 싶은 이들에게 가혹하리만치 무심한 세상이 원망스러워 훌쩍이기도 했다. 어딘가엔 존재하는 이들의 이야기일 테지만 부디 작가의 경험은 아니길 바랐다. 만약 그렇다 하더라도 이야기를 만드는 동안 고통의 무게가 덜어졌기를.

프리랜서에겐 부당하기만 한 양도 계약서를 바라보며 고민하던 김지현은 결국 계약하지 않기로 결정하고, 학생들에게 높은 강의 평가 점수를 얻었음에도 다음 학기 강의를 맡지 못하게 된 강은영은 새로운 아르바이트를 하러 집을 나선다. 고되고 배고픈 무명 화가의 삶을 잠시 접고 취직을 한 이지은은 퇴근길 겨울나무에서 새잎이 돋아나는 모습을 올려다본다. 쉽게 끝나지 않을 듯하던 이야기가 담담히 마무리되는 지점에서 다행이란 생각에 한편으론 마음을 쓸었고, 어쩐지 또 다른 시작인 것만 같아서 가슴이 두근거렸다. 어디선가 평온하고 차분한 모습으로 제 일을 꾸준히 해내고 있는 모든 창작자에게, 나 또한 그런 삶을 함께 살아 내겠다고 약속하고 싶어졌다.

가득 ----- 찬 ----- 것을 ----- 비울 -----

때까지의 ----- 시간이니까, ----- 찰 ----- 만 滿

에 ----- 빌 ----- 공 空을 ----- 써서 -----

'만공' 滿 空이라고 ----- 부를 ----- 수 ----- 있

겠다고 ----- 생각했다. ----- 커피 ----- 한 --

---- 잔을 ----- 비울 ----- 시간은 ----- 사람

마다 ----- 상황마다 ----- 다르므로 ----- '만공'

의 ----- 범위는 ----- 유연할 ----- 것이다.

배태랑, 『커피 마시는 동안은 일하지 말아야지』(기록의 형태, 2021)

— 40

도서관에서 일할 때 너무 귀여워 인상적이었던 사서 선생님이 한 분 있었다. 조용한 자료실에 나란히 앉아 일하던 선생님은 하루에 한 번씩은 벌떡 일어나 이렇게 말했다. "잠시 티타임을 가져 볼까?" 누구한테 하는 말이 아니라 자기 자신한테 하는 말인데 꼭 소리 내서 말했고 몇 번 반복하다 보니 언제부터인가 그 말을 들을 때마다 웃음이 터져 나왔다. 역시 개그는 반복이라고 했던가.

같이 일하는 동안에는 한 번도 이유를 묻지 않았다. 어차피 혼자 조용히 마실 거 왜 꼭 선포하듯 소리 내서 말하는지. 그저 선생님의 스타일이라고 생각했고 이따금 숨이 막힐 듯한 정적을 깨는 그 또랑또랑한 목소리가 반갑기도 했으니까. 시간이 지나 도서관을 나오고 혼자 일하는 사람이 되었다. 주어진 시간을 스스로 계획하고 소비하는 사람으로 살아온 어느 날 그 선생님과 똑같이 행동하고 있는 내 모습을 발견했다. "잠시 티타임을 가져 볼까?" "온수 샤워를 해야겠어." "산책을 하자." 매일 거의 정해진 시간에 하는 일인데도 시작하기에 앞서 누구 들으라는 건지 모를 소리를 내고 있었다, 내가. 그렇게 소리 내 말하고 나면 나를 둘러싼 공기가 뭔가를 알아들은 듯 한결 시원하게 바뀌었다.

혼자 일하는 동안 무언가를 끝내거나 다른 무언가를 시작해야 하는 순간을 알려 줄 사람은 아무도 없다. 그 순간은 오직 나만 안다. 도무지 끝이 안 나거나, 언제 어떻게 시작해야 할지 감을 잡을 수 없는 일을 맞닥뜨렸을 때 필요한 게 바로 "잠시 티타임을 가져 볼까?"다. 내가 들을 수 있는 목소리로 선포하고 나면 그 순간이 곧 일의 끝이자 시작이다. 이 작은 의식의 중요성을 알려 준 사서 선생님에게 안부 인사라도 전해야겠다.

넘어질 － － － － － 수 － － － － － 있는 － － － － － 모든 － － － － －

방법으로 － － － － － － 다 － － － － － 넘어져 － － － － － 봤으니

까, － － － － － 어떻게 － － － － － 하면 － － － － － 넘어지는

지 － － － － － 확실하게 － － － － － 알았으니까, － － － － － 넘어

지는 － － － － － 길을 － － － － － 피해서 － － － － － 데구루루 － －

－ － － 굴러서 － － － － － 착, － － － － － 성공할 － － － － － 거라

고.

조우리, 「구르는 재주」, 『이어달리기』(한겨레출판, 2022)

다른 사람에겐 하루 중 가장 힘든 시간이 언제일까. 그걸 알면 그 사람의 전부를 이해할 수 있을 것만 같다. 내겐 아침에 눈뜰 때가 그렇다. 언제부터였는지, 왜인지는 모르지만 아침에 눈을 뜨고 정적과 각성이 한꺼번에 몰려오는 순간 어제까지의 일들이 모두 아득한 꿈처럼 느껴진다. 모든 게 리셋된 상태에서 새로 시작될 하루가 설레기보다는 두렵다. 바로 이 상태가 언젠가 맞이해야 할 마지막 모습일지도 모른다는 상상과 함께 몸도 마음도 침대 저 아래로 가라앉을 것처럼 무거워진다.

한번은 동료 작가들과 술을 마시며 이야기하다가 '백일몽' 이란 단어가 나왔다. 그 순간이 너무 즐겁고 행복해서 나온 말이었다. "집에 돌아가서 자고 일어나면 다 없던 일이 되는 것 아닐까요? 사실 우린 만난 적도 없고, 독립출판 시작한 적도 없고, 다니던 회사에 출근해야 하고……." 누군가 환하게 웃으며 한 말에 하마터면 울 뻔했다. 그 순간이 너무 행복해서 나올 뻔한 눈물이었지만, 어제까지의 모든 일이 눈처럼 녹아 사라지고 없는 상태를 감각으로나마 알고 있기에 한편으론 슬프기도 했다. 그건 분명히 아주 두렵고 냉혹한 경험이었다.

내가 언제, 어떤 상황에서 가장 힘들어하는지 알면 좋은 점이 있다. 아침에 눈을 뜨는 순간 탄성 좋은 용수철처럼 자리에서 벌떡 일어난다. 창문을 열고 오늘의 하늘을 관찰한다. 마실 물을 끓이고 책상 앞에 앉는다. 스스로 만들어 낸 허무 속에 갇히기 전에 그것을 바깥으로 건져 내는 작업을 시작한다. 첫 문장을 써 본다. '다른 사람에겐 하루 중 가장 힘든 시간이 언제일까.'

당 신 ㅡ ㅡ ㅡ ㅡ ㅡ 작 품 은 ㅡ ㅡ ㅡ ㅡ ㅡ 재 능 이 ㅡ ㅡ ㅡ ㅡ ㅡ 있 고 ㅡ ㅡ

ㅡ ㅡ ㅡ ㅡ 마 음 에 ㅡ ㅡ ㅡ ㅡ ㅡ 와 ㅡ ㅡ ㅡ ㅡ ㅡ 닿 습 니 다 . ㅡ ㅡ ㅡ ㅡ ㅡ

그 러 나 ㅡ ㅡ ㅡ ㅡ ㅡ 당 신 에 게 는 ㅡ ㅡ ㅡ ㅡ ㅡ 아 직 ㅡ ㅡ ㅡ ㅡ ㅡ 깊 이

가 ㅡ ㅡ ㅡ ㅡ ㅡ 부 족 합 니 다 .

파트리크 쥐스킨트, 「깊이에의 강요」, 『깊이에의 강요』(김인순 옮김, 열린책들, 2020)

ㅡ42

소묘를 뛰어나게 잘 그리는 젊은 화가가 한 평론가로부터 '재능은 있지만 깊이가 없다'는 말을 듣는다. 그 평론가는 같은 내용의 비평을 신문에도 실었고, 그 글을 읽은 사람들이 수군거리는 소리가 화가의 귀에 들린다. "재능은 있지만 깊이가 없대요." 그때부터 화가는 깊이에 관해 탐구하기 시작한다. '나는 왜 깊이가 없을까?'에서 시작된 의문은 '그래 맞아, 나는 깊이가 없어!'로 이어졌고, 깊이의 구렁텅이에 빠져 버린 화가는 다시는 예전처럼 그림을 그릴 수 없게 된다.

이 이야기의 가장 큰 비극은 무엇일까. 어느 화가의 미래를 짓밟은 줄도 모르고 멋대로 떠들어 버린 평론가, 누군가 멋대로 떠든 말을 곧이곧대로 믿는 사람들, 그 말 한마디 때문에 다시는 그림을 그릴 수 없게 된 화가. 이들 중 누가 가장 안타깝고 어리석을까. 「깊이에의 강요」를 처음 읽었던 스무 살 무렵엔 뭔가를 창작하는 사람도 아니었는데 그때부터 화가와 나를 동일시했던 것 같다. 알게 모르게 마음속에 하나의 다짐이 피어올랐다. 다른 사람의 말이 나의 중심이 되게 하지는 말자.

깊이는 원한다고 가질 수 있는 게 아니다. 어떤 것에 대해 오래 생각하고 여러 각도에서 생각해야만 그나마 가까이 갈 수 있다. 어떤 문제에 직면했을 때 단번에 본질을 꿰뚫는 능력이야말로 타고날 수 없으며 부단히 노력해야만 간신히 그 힘을 유지할 수 있다. 이보다 더 중요한 문제는, 한 사람의 깊이를 다른 사람이 함부로 판단할 수 없다는 것. 어떤 것을 생각하며 함께 보낸 시간과 마음은 나만이 안다. 계속할지 멈출지도 내가 정한다.

존버는 ------ 이렇게도 ------ 할 ------ 수 ----

-- 없고 ------ 저렇게도 ------ 할 ------ 수 ---

--- 없을 ------ 때 ------ 나도 ------ 모르게 --

---- 붙잡게 ------ 되는 ------ 지푸라기 ------

같은 ------ 말이다.

금정연, 『그래서... 이런 말이 생겼습니다』(북트리거, 2022)

-43

과연 내가 끈기 있는 사람인가에 관한 질문은 여전히 남아 있다. 끈기보단 포기가 더 맞지 않을까. 포기라면 누구보다 자신 있다. 살아오는 동안 공격보단 방어에 특화되다 보니 일도 사람도 사랑도 내 자리가 아니다 싶으면 빨리 포기한다. 좋아하는 속담도 '누울 자리 보고 다리 뻗는다' 아닌가. 간혹 누울 자리인지 아닌지 판단이 흐려지는 때가 있기도 하지만 아닌 걸 알게 된 순간 포기는 빛보다 빠르다. 포기의 말들. 이게 좀 더 팔릴지는 모르겠다만 관심은 끌지 않을까.

포기하면 편하다. 안 되는 걸 억지로 해 보겠다고 피땀 눈물 쏟지 않아도 되고, 매번 한계에 부딪히느라 온몸에 상처 입을 일도 없다. 오지 않는 연락을 기다릴 필요도 없고, 사랑받고 싶어 애걸복걸하지 않아도 된다. 포기하고 나면 시간이 여유롭다 못해 남아돈다. 그 시간을 이제 무엇으로 채울까. 나를 위해 채워야지. 그렇다면 나를 위한다는 건 무엇이지? 고민에 빠져 있는데…… 빈 구멍 같은 시간의 항아리 안에 아직 뭔가 남아 꿈틀거리는 게 보인다. 포기한 줄 알았던 그것. 아무리 노력해도, 벗어나려고 발버둥을 쳐 대도 포기할 수 없는 그것. 있어도 힘들고 없으면 못 살 것 같은 하나가 남아 있다. 자기가 누울 자리는 거기뿐이라는 듯이.

어쩌면 존버는 이렇게 저렇게 해 봐도 도무지 벗어날 수 없는 것, 포기가 안 되는 것, 내가 어떻게 해 볼 수 있는 지점을 넘어선 채 그것이 나를 작동하고 있는 순간을 뜻하는 말이 아닐까. 내가 그것을 위해 사는 건지, 그것이 나를 살게 하는 건지 분간이 되지 않는 채로 쭉 함께 가는 것. 뭐 이 정도라면 존버 대신 사랑이라 불러도 될지.

나는 ------ 물건으로써 ------ 나를 ------ 기억해

낸다. ------ 더불어 ------ 물건과 ------ 함께 --

---- 내 ------ 곁을 ------ 스치고 ------ 지나

간 ------ 사람들을 ------ 회상한다.

이수명, 『나는 칠성슈퍼를 보았다』(아침달, 2022)

더 이상 입을 수 없지만 도저히 버릴 수 없는 옷을 몇 벌 가지고 있다. 찢어지고 구멍이 숭숭 뚫렸는데도 매일 집에서 입는다. 그중 하나는 8년 전 파리 여행을 앞두고 산 회색 반소매 티셔츠다. 대체 옷을 그 한 벌만 챙겨 간 건지, 사진을 적게 찍은 건지, 여행 사진 속 의상이 전부 그 옷이라서 놀랐던 기억이 있다. 그 정도로 좋아했었나 기억이 가물가물한데 그때로부터 시간이 지날수록 점점 더 좋아지고 있는 것만은 분명하다. 1년, 3년, 5년, 해가 쌓일수록 옷이 몸에 착 붙는 느낌이랄까. 옷이 내 몸을 알아주는 기분이었다. 새 옷에서는 느낄 수 없는 적당한 밀착감을 그 옷과 함께한 세월이 만든다.

아끼는 옷에는 가상의 이름표가 붙어 있다. 첫 해외여행 때 입은 옷, 첫 출근 때 입은 옷, 첫 만남 때 입은 옷······. 누가 어디서 사 줬는지는 고려 대상이 아니다. 브랜드나 가격과 상관없는 몸의 착용 경험이 옷의 가치를 높인다. 옷뿐이 아니다. 쓰레기가 되기 전에 필요 없어진 물건을 그때그때 버리는 편이지만 정리하려고 집어 든 물건에서 불현듯 떠오르는 기억이 있고, 그 기억을 잊고 싶지 않다면 도로 서랍 속에 넣어 둔다. 언제 다시 꺼내 볼지 모르더라도 일단은 둔다. 물건을 가지고 있는 한 기억도 영원할 거라고 믿고 싶어서다.

지금도 내 책상 서랍에는 오래된 전시 도록과 식당 영수증이 있다. 빛바랜 명함과 스티커 몇 장, 착용할 수 없는 팔찌와 목걸이도 있다. 가끔 이 물건들을 가만히 바라보는 것만으로도 어느 소중한 기억이 떠오르고, 어떻게 해도 불가능할 것 같은 시간 여행이 시작된다. 쉽게 버리지 못하는 것들에는 다 이유가 있다.

유물은 ─────── 누군가가 ─────── 다가와 ─────── 자신

의 ─────── 앞에 ─────── 섰을 ─────── 때의 ─────── 느

낌과 ─────── 오래 ─────── 나를 ─────── 바라봐 ────

──주는 ─────── 이가 ─────── 있을 ─────── 때의 ───

───행복을 ─────── 기억하고 ─────── 있다.

정명희, 『멈춰서서 가만히』(어크로스, 2022)

─45

'유물 앞에 오래 서 있는 사람은 뭐가 좋을까'라는 문장이 적힌 책 표지를 보고 단번에 생각나는 사람이 있었다. 그도 유물을 좋아한다. 그래서 수장고에 유물을 쌓아 두고 때가 되면 차례차례 꺼내어 보여 주는 국립중앙박물관을 좋아한다. 대체 유물이 어떻기에 그다지도 좋다는 건지, 전시 공간은 또 얼마나 매력적이기에 문턱이 닳도록 드나드는 건지 궁금해졌다.

유물과 함께한 시간보다 유물을 바라보는 사람을 보아 온 시간이 더 길다는 국립중앙박물관 정명희 큐레이터는 이들의 걸음과 시선이 되어 바라본 유물 이야기를 차근차근 들려준다. 유물 앞에 오래 서 있는 사람은 사랑에 빠진 사람이다. 아무런 의도와 목적 없이 그저 대상을 더 섬세하게 느끼고 싶고 알고 싶어서 그토록 오래 보고, 본 것을 또 보고, 대상이 머물던 과거 속으로 자꾸만 파고들어 간다. 관람자와 유물 사이의 시간과 거리를 사랑과 이해의 관점으로 보게 되면서 나도 그의 마음을 조금은 알아차릴 수 있을 것 같았다.

우리가 유물을 바라보는 시간은 아무리 길어도 영원할 수 없다. 버티고 버텨도 폐관 시간이 되면 각자의 일상으로 돌아갈 수밖에. 하지만 유물을 바라보는 동안만큼은 영원의 자기장 안에 들어선 기분이다. 물론 그 상태를 아직 경험해 본 적 없는 나는 최대한의 상상력을 끌어모아 이 글을 쓰는 중이다. 힌트는 사랑. 찰나를 살다 돌아갈 운명에 놓인 우리가 세상에 태어나 딱 한 번 영원을 마주하는 순간이 있다면, 바로 오랜 시간과 풍파를 용케도 버티고 버텨 내 앞에 나타나 준 과거를 만나는 때가 아닐까. 그 앞에 멈춰 가만히 서 있을 때 비로소 나도 이 세계의 일부라는 안락한 느낌을 전달받는 것 아닐까. 그 느낌 하나만 품을 수 있다면 어떤 어려움도 이겨 낼 수 있을 것만 같다.

들여다보면 ─ ─ ─ ─ ─ 볼수록 ─ ─ ─ ─ ─ 더 ─ ─ ─ ─ ─ 많은 ─ ─

─ ─ ─ ─ 것이 ─ ─ ─ ─ ─ 보인다. ─ ─ ─ ─ ─ 관찰하면 ─ ─ ─ ─ ─

할수록, ─ ─ ─ ─ ─ 안으로 ─ ─ ─ ─ ─ 더 ─ ─ ─ ─ ─ 들어갈수

록, ─ ─ ─ ─ ─ 더 ─ ─ ─ ─ ─ 큰 ─ ─ ─ ─ ─ 세계가 ─ ─ ─ ─ ─ 펼

쳐진다는 ─ ─ ─ ─ ─ 사실을 ─ ─ ─ ─ ─ 식물을 ─ ─ ─ ─ ─ 통

해 ─ ─ ─ ─ ─ 깨우친다.

이소영, 『식물 산책』(글항아리, 2018)

좋아하는 작가와 경복궁 근처를 걸을 때였다. 5월의 가로수를 눈부시게 채우고 있는 건 어느새 풍성하게 자라난 은행잎이었다. 우리는 한 달 전에도 같은 길을 걸었는데 그때만 해도 나무줄기뿐이라서 이런 대화가 오갔다. "이거 무슨 나무일까요?" "지금 무슨 잎이 나고 있는 걸까요?" 아기 손톱만 한 어린잎을 보며 은행나무란 걸 먼저 알아본 사람은 작가님이었다. 한 달 사이에 이렇게 극적으로 자란단 말인가. 식물의 시간이 어떤 방식으로 흐르는지 잘 알지는 못해도 이것 하나만은 분명했다. "세상에서 나무가 제일 부지런한 것 같아요." 5월의 무성한 은행나무를 보며 작가님이 한 말이었다.

산책할 때 마주하는 식물의 이름을 더 잘 알고 싶어서 『식물산책』을 펼쳐 들었다. 어떤 사물의 색을 말하거나 쓸 때 이왕이면 가장 닮은 빛을 지닌 식물의 이름을 사용하고 싶기도 했다. 식물학자이자 그림으로 식물을 기록하는 저자는 자기 일을 이보다 더 사랑할 수는 없을 듯한 태도로 자신이 바라본 식물 이야기를 들려준다. 한번 뿌리 내린 자리에서 묵묵히 제 할 일을 하고, 주어진 환경에서 최선을 다해 꽃을 피우고 열매를 맺는 성실함에 대해서. 그런 식물을 만날수록, 볼수록 더 사랑하게 된다고 그는 말한다.

경복궁 주변을 믿음직한 초록빛으로 감싸고 있는 은행나무가 가을에는 어떤 빛으로 변할까 궁금하다. 우리가 알고 있다고 생각하는 그 노란색 말고, 진짜 가을 은행잎은 어떤 색일까. 그때도 그 길을 걸으면서 한 번 더 놀라고 싶다. "역시 나무가 세상에서 제일 부지런한 것 같아요!" 그렇게 매 계절을 보내다 보면 어느새 나도 그런 나무의 모습을 닮아 있지 않을까.

진실로—————중요한————자유는—————집중하

고————자각하고——————있는——————상태,————

——자제심과——————노력,——————그리고——————타

인에——————대하여——————진심으로——————걱정하

고——————그들을——————위해—————희생을————

——감수하는——————능력을——————수반하는——————

것입니다.——————그것도——————매일매일——————

몇——————번이고——————반복적으로,——————사소하

고——————하찮은——————대단치——————않은————

——방법으로——————말입니다.——————그것이——————

진정한——————자유입니다.

데이비드 포스터 월리스, 『이것은 물이다』(김재희 옮김, 나무생각, 2012)

어느 젊은 작가의 부고를 들었다. 듣자마자 몇 번이나 이름을 확인했다. 내가 아는 그가 아닐 수도 있기에 몇 번이나. 그가 쓴 책의 제목을 듣고 나자 더는 부정할 수 없었다. 그 책으로 작가의 이름을 처음 알게 되었다. 절판된 이전 책이 궁금해서 수소문하다 결국 포기했고, 몇 년 뒤 복간되었다는 소식에 서점으로 달려가기도 했다. 이것만으론 부족했을까. 어딘가 당신 책을 잘 읽은 사람이 있고, 당신이 지나온 삶을 조금이나마 짐작하게 되었고, 앞으로도 이어질 당신의 시간을 궁금해하고 있다는 사실만으로는. 사소하고 하찮은 방식으로라도 계속 표현했다면 어땠을까.

깊은 새벽 고인의 SNS에 들어가 보았다. 어떤 흔적이라도 찾을 수 있을까, 하고 싶은 말, 하지 못한 말이 여기에 남아 있진 않을까 하는 마음이었다. 작가가 올려놓은 사진과 글 가운데 멈춰서 오래 들여다본 문장은 데이비드 포스터 월리스가 어느 대학 졸업식에서 강연한 내용을 엮은 『이것은 물이다』의 일부였다. 진정한 자유란 타인을 진심으로 걱정하는 것, 그들을 위해 희생을 감수하는 것, 사소하고 하찮은 방법이라도 매일매일 몇 번이고 반복하는 것. 나는 문장을 다 읽고, 한 번 더 읽고, 셀 수 없이 되풀이해 읽었다.

남은 사람은 먼저 간 사람이 남겨 놓은 숙제를 풀어야만 한다. 살면서 놓치거나 무시한 채 넘어간 부분이 있는지 복기해야 한다. 무거운 부채를 안고 살아가야 한다. 사소하고 하찮은 방법이라도 매일매일. 짧지 않은 시간 동안 가깝거나 먼 누군가를 먼저 떠나보내는 과정을 겪으면서 내린 나만의 결론이다. 부디 모두 편안한 곳에 닿았기를 바란다.

모르지. ------너도------언젠가------그녀

를------보게------될지도.

최은영, 「데비 챙」, 『애쓰지 않아도』(마음산책, 2022)

—48

취업준비생 남희는 이탈리아 여행 중 데비를 만나 열흘의 시간을 함께 보낸다. 홍콩 영화와 장만옥을 좋아하는 남희에게 데비는 홍콩에서 장만옥을 만난 적이 있다는 말을 농담처럼 던지고, 남희는 믿지 못한다. 여행을 마친 남희는 귀국해 취업을 하고 데비는 사랑하는 사람과 결혼을 한다. 시간이 흐를수록 이상보다는 안정, 도전보다는 체념에 익숙해진 남희는 어느 날 데비에게서 사별 소식을 듣는다. 마른 얼굴로 애써 웃는 데비를 보며 남희는 참았던 눈물을 흘리고, 한없이 슬퍼하는 남희를 데비가 달래 준다. 데비는 오히려 운이 좋았다고 말한다. 평생 겪어 보지 못할 사랑을 알게 되었으니.

자신이 원하는 바를 분명히 알고, 노력하면 이룰 수 있다는 낙관으로 최선을 다하며 살아가는 사람이 있다. 그렇다고 불행이 그를 비껴가는 건 아니다. 불행은 사람을 가리지 않고 찾아온다. 불행의 가장 비극적인 속성이지만 달리 생각하면 불행과 마주했을 때 너무 크게 슬퍼하지 않아도 될 이유이기도 하다. 어떤 사람은 불행 가운데서도 인생의 의미를 찾아낸다. 타인의 고통을 더욱 잘 이해할 수 있는 계기로 삼기도 하고, 누군가에게 전해 줄 진심 어린 문장을 끄집어내기도 한다. 똑같은 불행도 누구에게 가느냐에 따라 모두를 암흑에 빠뜨리거나, 다른 누군가를 살리는 도구로 거듭난다.

데비는 자신에게 온 불행을 빛으로, 희망으로, 기회로 뒤바꿔 남희에게 전했다. 다시 몇 년이 흐른 뒤 홍콩으로 출장 간 남희는 호텔 근처 인적 없는 계단을 오르다 누군가를 발견한다. 청바지에 가죽 재킷을 입고 천천히 계단을 내려오는 그녀는, 믿기진 않겠지만 여러분이 짐작하는 바로 그 사람.

나도 그녀가 보고 싶다. 모르지. 내 길을 터벅터벅 걷다 보면 언젠가 보게 될지도.

나는 ─ ─ ─ ─ ─ ─ 당신을 ─ ─ ─ ─ ─ ─ 이 ─ ─ ─ ─ ─ 겨울처럼 ─ ─

─ ─ ─ ─ 사랑한다. ─ ─ ─ ─ ─ ─ 이 ─ ─ ─ ─ ─ ─ 사랑은 ─ ─ ─ ─ ─ ─

내 ─ ─ ─ ─ ─ ─ 것이 ─ ─ ─ ─ ─ ─ 아님에도 ─ ─ ─ ─ ─ ─ 늘 ─ ─ ─ ─ ─ ─

나에게 ─ ─ ─ ─ ─ ─ 돌아온다.

송승언, 「아무것도 사랑할 수 없고 모든 것을 사랑할 수 있는」, 『사랑에 대답하는
시』(아침달, 2021)

"너 울리는 사람이랑은 만나지 마." 애인과 다투고 집에 돌아와 방에서 혼자 울고 있는데 문밖에서 어머니의 나직한 목소리가 들렸다. 숨죽여 우는 소리가 새어 나간 건지, 분위기 봐서 대충 감 잡은 건지는 모르겠지만 그때가 처음이었다. 어머니는 내 연애에 별로 관심이 없었는데 그날 처음으로 말을 얹은 것이었다. 물론 그땐 저 말이 잘 들리지 않았다. 희한하게 내가 좋아하는 사람은 꼭 나를 울렸다. 많이 좋아하기 때문이라고만 생각했다. 좋아하면 원래 아픈 줄로만 알았는데 사실은 상대를 있는 그대로 좋아하는 방법을 몰랐던 거다. 그랬다면 내 마음대로 되지 않는다고 속상해하거나 우는 일은 없었을 텐데. 오래전 일이다.

진정으로 사랑하는 사람에게는 서운한 감정이 들지 않는다는 걸 이제는 알 것 같다. 그런 사람이 내 안에 존재한다는 사실만으로도 충분하다. 그가 행복하면 같이 행복하고 그가 슬퍼하면 같이 슬퍼한다. 그를 힘들게 하는 일은 나도 피하고 싶다. 함께 있을 때 가장 편안한 상태를 만들어 주고 싶은 만큼 그가 혼자 있기를 원할 땐 넉넉히 기다려 준다. 어머니는 나를 울리는 사람 때문에 내가 속상해하는 게 싫어서 저 말을 했을지 몰라도 지금 나의 해석은 달라졌다. "네가 울지 않을 수 있을 때 만나."

울지 않을 준비가 된 사람에게 사랑은 계절처럼 돌아온다. 그런 순간이 오면 모든 게 처음인 것처럼 또 한 번 덥석 빠져들고 마는 나를 붙들고 다짐을 받아 둘 것이다. 이 사랑은 내 것이 아니라고. 그저 내게 온 것이라고. 잘 머물다 갈 수 있도록 편안한 자리를 마련해 주고, 그가 무엇을 원하는지 가만히 들여다보고, 그의 말을 귀 기울여 들어 주는 것이 내가 할 수 있는 최선이라고 말이다.

글ーーーーー속의ーーーーー'나'는ーーーーー현실의ーーーー

ーー나보다ーーーーー섬세하고ーーーーーー더ーーーーーー진지하

고ーーーーーー더ーーーーーー치열하다.ーーーーー처음엔ーーーー

ーー그것이ーーーーー가식적으로ーーーーーー느껴져ーーーーーー

괴롭고ーーーーーー부끄러웠지만ーーーーーー이제는ーーーーー그

것이ーーーーーー이ーーーーー힘든ーーーーーー글쓰기를ーーーー

ーー계속해야ーーーーーー하는ーーーーー이유임을ーーーーー알

게ーーーーーー되었다.

홍은전, 『그냥, 사람』(봄날의책, 2020)

마흔이 넘고 나서 거울을 자주 본다. 20대, 30대에도 잘 보지 않던 거울을 이제야 들여다보는 이유는, '마흔이 넘으면 자기 얼굴에 책임을 져야 한다'는 말 때문이다. 지금껏 어떻게 살아왔는지 얼굴에 다 나타난다니 신경 쓰이지 않을 수가 없다. 나를 본 상대가 부디 내게서 좋은 인상을 느끼길 바라는 마음에 어색하지만 부드러운 표정도 지어 보고 따뜻한 미소도 연습해 본다. 이제부터라도 부드럽고 따뜻한 사람이 되어 보려고.

오래전에 내 글을 처음 본 친구가 낯설단 표정으로 "너 같지 않아!"라고 말한 적이 있다. 실제의 나와 다르다는 말이 내게는 거짓말하지 말라는 지적처럼 들렸다. 생각을 다 말로 하지 않았을 뿐인데, 그래서 글로 쓰는 건데, 왠지 친구를 속인 것 같았다. 그때부터였다. 실제의 나와 글 속의 내가 다르게 비치고 싶지 않았다. 거짓으로 글 쓰고 싶지 않았고, 글에서만 좋은 사람인 척하고 싶지 않았다.

수년이 지나는 동안 나는 계속해서 글을 쓰고 책을 만들었다. 가능하면 내 모습 그대로 담고 싶었다. 진짜 내 모습이 뭔지 나도 알고 싶었고, 내가 원하는 모습으로 조금씩 바꿔가고 싶었다. 그런 바람이 계속해서 글을 쓰고 책을 만들게 했는지도 모른다. 그리고 최근에 가장 듣고 싶은 말을 들었다. 앞으로 더 잘 쓰고 싶게 하는 말, 잘 살고 싶게 하는 말이었다. "작가님은 내가 아는 작가 중에 책과 사람의 싱크로율이 가장 높아요."

인생은 ------ 괴로운 ------ 연속극이고, ------ 행

복은 ------ 짧은 ------ 광고와 ------ 같다.

영화 『데드풀』(팀 밀러 감독, 2016)

누군가와 글과 책으로 만나는 시간도 좋지만 요즘엔 직접 만나서 대화하는 시간이 좋아졌다. 책 이야기, 글 쓰는 이야기, 사는 이야기를 육성으로 듣고 말할 때의 기쁨을 이제야 알았다고 해야 할까. 누군가 먼저 만나자고 할 때까지 잘 만나지도 않는 내가 요즘엔 잘 지내느냐고 먼저 연락도 한다. 만날 약속을 정하고 나면 길고 지루한 기다림의 연속일 뿐인 인생에 뚜렷한 쉼표 하나를 찍는 기분이 든다. 그날까지만 이 길고 지루한 기다림을 버텨 보자, 하고 마음을 다지게 된다. 예전엔 글쓰기가 가장 즐겁고 행복한 일이라고 생각했는데 어쩌면 착각인지도 모르겠다. 쓰는 동안에는 시간이 흐르는 걸 좀처럼 느낄 수 없는데, 좋아하는 사람을 만나면 시간이 통으로 사라져 버린다. 시간을 통으로 내줘도 아깝지 않다.

그런 시간은 쉼표처럼 숨 한 번 들이마시면 끝난다. 그러고는 다시 길고 지루한 인생이 이어진다. 책은 내가 원하는 때에 언제든 펼쳐 볼 수 있지만 사람은 그럴 수 없어서 다시 만날 쉼표 같은 날을 기다려야 한다. 책 읽고 글 쓰는 동안에도 얼마든지 좋은 장소로 이동할 수 있지만, 반드시 사람과 함께 가야만 하는 장소가 있다. 다시 적당한 때를 기다린다. 쉼표를 많이 만들어 두는 것도 방법이지만 그보단 기다리는 동안 내가 할 수 있는 일을 한다. 가령 책 읽고 글 쓰는 일. 아, 생각만 해도 벌써 지루하다. 하지만 해야만 하는 일이다. 힘들지만 그 일이 지금의 나를 만들었고, 만들고 있고, 더 옳은 방향으로 나아가게 한다는 것을 의심하지 않는다. 더 나은 모습으로 얼굴을 맞댈 수 있다면, 쉼표를 기다리는 일이 그리 괴롭지만은 않지 싶다.

어떻게 ＿＿＿＿＿ 사는 ＿＿＿＿＿ 것이 ＿＿＿＿＿ 맞을까. ＿＿

＿＿＿＿ 어느 ＿＿＿＿＿＿ 날 ＿＿＿＿＿ 알 ＿＿＿＿＿ 것 ＿＿＿＿

＿＿ 같다가도 ＿＿＿＿＿ 정말 ＿＿＿＿＿ 모르겠어. ＿＿＿＿＿

다만 ＿＿＿＿＿ 나쁜 ＿＿＿＿＿＿ 일들이 ＿＿＿＿＿ 닥치면서

도 ＿＿＿＿＿ 기쁜 ＿＿＿＿＿＿ 일들이 ＿＿＿＿＿ 함께한다

는 ＿＿＿＿＿ 것. ＿＿＿＿＿ 우리는 ＿＿＿＿＿ 늘 ＿＿＿＿＿ 누

군가를 ＿＿＿＿＿ 만나 ＿＿＿＿＿ 무언가를 ＿＿＿＿＿ 나눈다

는 ＿＿＿＿＿ 것. ＿＿＿＿＿ 세상은 ＿＿＿＿＿ 참 ＿＿＿＿＿ 신

기하고 ＿＿＿＿＿ 아름답다.

영화 『벌새』(김보라 감독, 2018)

＿52

우울감에 빠져 허우적거리고 있을 때 한 줄의 문자 메시지가 나를 일으켜 세운 적이 있다. 주말에 함께 전시를 보러 가자는 내용이었고 발신인은 내가 좋아하는 작가였다. 눈물 젖은 눈을 끔뻑끔뻑 뜨며 몇 번이나 확인했다. 어떻게 내게 이런 일이 생기지? 만날 약속을 정하고 나자 끔찍한 지하 감옥에서 해방되었다는 기쁨에 당장이라도 하늘을 날 것 같았다.

비슷한 일은 종종 있었다. 자존감이 무너져 내리다시피 할 때 받은 메일 한 통에는 내가 적임자라며 원고를 청탁하는 내용이 있었고, 생각만 해도 숨이 막혀 몇 번이나 참가를 망설였던 서울국제도서전에서 생각지도 못한 독자와 제작자를 만나 힘을 얻었다. 돌아보니 모두 사람에게서 받은 것들이다. 습관적으로 사람이 없는 곳을 찾고 있지만 사실은 사람을 좋아했고, 좋아하는 만큼 사람에게 상처도 받지만 상처받은 만큼 아끼고 사랑했던 기억을 떠올리며 기운을 되찾는다.

기쁘고 설레는 일을 맞을 때면 머지않아 찾아올 나쁜 일을 미리 걱정하곤 했다. 이제는 순서를 살짝 바꾸기로 했다. 슬프고 우울한 일이 닥치면 이 순간 어디선가 좋은 소식이 나를 향해 오고 있을 거라고 말이다. 시간이 조금 걸릴 뿐이지만 기를 쓰고 나에게 오는 중이라고 믿는다. 그 믿음이 나를 움직이게 한다. 조금 움츠렸다가도 금세 다시 일어나 그곳을 향해 뚜벅뚜벅 걸어가게 한다.

다른 ------ 사람은 ------ 아무도 ------ 우리

를 ------ 진지하게 ------ 받아들이지 ------ 않았

다. ------ 우리에게 ------ 가장 ------ 먼저 ----

-- 예술가가 ------ 되라고 ------ 촉구한 ------ 유

일한 ------ 사람은 ------ 바로 ------ 우리였다.

캐시 박 홍, 『마이너 필링스』(노시내 옮김, 마티, 2021)

서울국제도서전 임시제본소 부스에 다녀간 사람 중에 자신을 영화 제작자라고 소개한 사람이 있었다. 대뜸 "책 좀 팔려요?" 하고 물어서 그렇다고 대답했다. "얼마나 팔려요? 먹고살 만해요?" 하고 물어서 또 그렇다고 대답했다. 어떤 책이 대표작인지 묻기에 두 권을 골라 내밀었다. 나는 그가 무례한 사람이라고 생각하지 않는다. 내가 내민 두 권을 다 샀으므로. 그는 마지막으로 영화에 대해 쓴 『극장칸』을 보더니 이런 말을 남기고 떠났다. "이건 읽다가 비웃을 것 같으니까 나중에 읽어 볼게요." 그가 가고 난 뒤 옆 부스에 있던 작가님이 다가와 물었다. "저분 너무 무례한 거 아니에요? 기분 나쁘지 않았어요?" 나는 웃으면서 어깨를 한 번 으쓱했다. 나는 그가 솔직한 사람이라고 생각했고 그런 반응을 은근히 즐기기도 했다. 할 수만 있다면 전문가들의 비웃음 사는 이야기를 계속 쓰고 싶다.

　『극장칸』을 본 누군가가 내게 물었다. "혹시 영화 일 하고 계시나요? 기자나 영화 칼럼 쓰시는 분인가요?" 나는 분명하게 대답할 수 있었다. "그냥 관객이에요." 이렇게 말하며 자부심을 느낀다. 전문가나 직업인이 아니어도 그 분야에 대해 얼마든지 쓸 수 있다. 글을 쓰는 일에 자격이 따로 있는 건 아니니까. 쓰는 사람이 많아져서 정작 중요한 책들이 팔리지 않고 절판 위기에 놓여 있다는 말도 들은 적 있다. 세상에, 그나마 쓰는 사람이니까 책을 읽지! 우리를 진지하게 봐 주지 않는 사람들 때문에 위축돼서 정말 하고 싶은 일을 참거나 못 하는 사람이 아닌, 더 즐기면서 재밌게 꾸준히 하는 사람이 되고 싶다. 누구나 할 수 있고, 모두가 할 수 있다는 사실을 보여 주는 사람이 되고 싶다.

마법은 － － － － － － 작동하는 － － － － － 순간을 － － － － － 우리

에게 － － － － － 보여 － － － － － 주지 － － － － － 않는 － － － － －

것 － － － － － 같아요.

아말 엘모타르, 『유리와 철의 계절』(이수현 옮김, 창비, 2021)

남편의 저주에 걸려 무쇠 구두가 닳을 때까지 걸어야 하는 태비사. 아버지의 저주에 걸려 높은 유리 언덕 꼭대기에서 구혼자가 나타나기만을 기다려야 하는 아미라. 두 사람이 만나 서로를 구원하는 짧은 이야기를 읽고 긴 생각에 잠겼다. 책의 두께는 얇았지만 두 사람이 저주에서 풀려나기까지는 긴 모험이 필요했다. 서로의 삶을 이해하는 충분한 시간도. 마지막에 이르러서야 저주가 풀린 것 같지만, 사실은 두 사람의 교감 중에 이미 마법이 시작되고 있었는지도 모른다.

안타깝게 끊어진 관계에 대해 오래 생각하는 편이다. 어디부터 잘못됐을까. 그때 그 말을 하지 않았다면, 그 말을 했다면, 좀 더 솔직했다면, 좀 더 감췄다면 우리도 서로를 구원하는 관계로 남을 수 있었을까. 왜 우리에겐 끝내 마법이 작동하지 않은 걸까. 실을 끊고 날아가 버린 것은 절대로 답을 알려 주지 않는다. 가슴에 난 구멍을 채울 사람은 오직 나뿐이고 어떤 구멍은 오랫동안 채우지 못한 채 끌어안고 살아가야 한다. 무쇠 구두가 닳고 유리 언덕이 부서질 때까지. 책을 읽고 긴 생각에 잠긴 건 내게도 태비사 같은, 혹은 아미라 같은 존재가 있었기 때문이다. 비록 함께 저주에서 풀려나는 결말을 맞이하진 못했지만.

한참이 지난 뒤에야 문득 떠오르는 기억에는 고통이 없다. 슬픔도 눈물도 없다. 함께 걸었던 길가의 가로수, 웃으면서 나누던 대화, 마음의 경계를 풀어 주던 부드럽고 힘센 말들. 남은 것 중에 반짝이는 게 생각보다 많다는 걸 알게 된다. 모든 관계가 구원이 될 수는 없지만, 어떤 구원은 짧은 순간 마법처럼 찾아 왔다가 언젠가 발견하게 될 보물을 몰래 숨겨둔 채 사라지기도 한다는 것을 가만히 받아들이게 된다.

나는 ─ ─ ─ ─ ─ 점점 ─ ─ ─ ─ ─ 더 ─ ─ ─ ─ ─ 시간에 ─ ─ ─
─ ─ ─ 구속받지 ─ ─ ─ ─ ─ 않고. ─ ─ ─ ─ ─ 초월. ─ ─ ─ ─ ─
한계를 ─ ─ ─ ─ ─ 뛰어넘어. ─ ─ ─ ─ ─ 그날, ─ ─ ─ ─ ─ 내
가 ─ ─ ─ ─ ─ 뛸 ─ ─ ─ ─ ─ 수 ─ ─ ─ ─ ─ 있다고 ─ ─ ─ ─ ─ 생각
한 ─ ─ ─ ─ ─ 것보다 ─ ─ ─ ─ ─ 분명히 ─ ─ ─ ─ ─ 더 ─ ─ ─ ─ ─
멀리 ─ ─ ─ ─ ─ 뛰었어. ─ ─ ─ ─ ─ 신체적 ─ ─ ─ ─ ─ 한계
를 ─ ─ ─ ─ ─ 넘어섰지. ─ ─ ─ ─ ─ 습한 ─ ─ ─ ─ ─ 저녁 ─ ─ ─ ─
─ ─ 밤공기와 ─ ─ ─ ─ ─ 섞이면서 ─ ─ ─ ─ ─ 나 ─ ─ ─ ─ ─ 자신
의 ─ ─ ─ ─ ─ 한계도 ─ ─ ─ ─ ─ 녹는 ─ ─ ─ ─ ─ 것 ─ ─ ─ ─ ─ 같
았어.

앨리슨 벡델, 『초인적 힘의 비밀』(안서진 옮김, 움직씨, 2021)

『초인적 힘의 비밀』은 앨리슨 벡델이 평생 해 온 운동의 기록이자 그가 탐닉한 진보 작가의 계보를 담은 흥미롭고 지적인 책이다. 내면의 변화를 위해 노력한 작가와 철학자, 예술가의 이름이 곳곳에 등장하고, 몸의 운동이 어떻게 내면을 움직였는지, 몸과 마음이 어떻게 하나로 연결돼 자아를 이루는지 탐구한다. 오랜 시간 공들여 책 한 권을 다 읽고 나면 주체와 객체, 자아와 타자, 자아와 세계의 경계를 허물고 하나로 연결해 주는 '초인적 힘의 비밀'이 무엇인지 어렴풋이 알게 된다.

벡델이 했던 운동에 비하면 '초라한 힘의 비밀'에 가깝지만 나도 운동 비슷한 것을 해 본 적이 있다. 2022년은 내게 오직 한강 다리 위에서만 28.552킬로미터를 걸은 해로 기억될 것이다. 한강 본류를 가로지르는 다리 가운데 걸어서 건널 수 있는 다리 스물세 개의 길이를 더한 숫자다. 정확하게는 저 길이의 열 배쯤 걸었다. 어느 지점부터 허리와 어깨를 꼿꼿하게 펴고 배에 힘을 주고 걸었더니 걷기만 했는데도 살이 빠지고 근육이 붙었다. 몸을 바꿀 목적으로 걸은 게 아니었지만 걸을수록 몸이 다시 살아나는 느낌이었다. 걸으면서 다짐했다. '다리 전도사가 되어야지!'

하루에 다리 하나만 건너려던 계획은 바로 옆(에 있는 줄 알았던) 다리 앞에서 여지없이 무너졌다. 다리 길이의 서너 배쯤 되는 거리를 걸어가 새로운 다리를 다시 건넜다. 그리고 다시, 또다시. 어느 날은 해가 지고 있는데도 계속 걷고 싶었다. 내 안에서 초인적인 힘이 나오고 있었는데, 그 힘이란 게 걸으면 걸을수록 생기는 듯했다. 나를 초월하게 하는 힘, 나를 든든히 받쳐 주는 힘, 그게 내 안에서 흘러나오고 있었다. 그리고 깨달았다. 그 순간 나의 내면에도 근육이 붙고 있다는 사실을.

"살구꽃이 —————피면—————톡—————하겠대."

나는—————그—————말을—————듣자마자————

——눈물이—————그렁그렁해진—————채로—————

고개를—————끄덕인다.—————기약만—————있다

면—————더—————오래도—————기다릴—————

수—————있다고,—————겨울이—————다가온——

————창밖을—————보면서—————생각하고————

——생각한다.

최은미, 「보내는 이」, 『눈으로 만든 사람』(문학동네, 2021)

놀이터에서 함께 놀던 아이들이 하나둘 집으로 돌아가고 나만 혼자 남은 기분이 들 때가 있다. 모래로 이층집을 지어 보자던 아이도, 흙 반죽으로 삼단 케이크를 만들어 보자던 아이도 애초에 그런 결심 따위는 하지도 않은 양 도중에 사라졌다. 쳇, 먼저 하자는 말을 말든가.

책을 내밀며 사인해 달라는 이에게 어떤 말을 남길까 고민하다가 '오래 보자'고 썼더니 그가 하는 말. "아, 그 말 하면 꼭 오래 못 보던데! 오래 보자고 했던 사람이랑 다 헤어졌어요." "아아, 그래요?" 이미 쓴 글자를 직직 그어 버릴 수도 없어 어떡해, 어떡해만 연발하다가 확신하듯 말했다. "아니에요, 우린 진짜로 오래 볼 거예요." 그 순간 오래 보자고 해 놓고 못 보게 된 얼굴이 떠오르기도 했지만, 우린 괜찮을 거예요.

누구보다 오래 보고 싶었는데 못 보게 된 사람이 있다. 나의 섣부른 표현이 상대를 불편하게 했다는 후회와 함께 만회할 기회마저 사라진 것 같은 슬픔이 밀려왔다. 마지막으로 어떤 말을 해야 할까 고심한 끝에 마지막이 아닌 것처럼 언제라도 다시 생각나면 연락 달라고 했다.

다른 건 몰라도 사람과의 관계에서 끈기가 있는 게 과연 좋은 걸까, 의심이 들곤 한다. 남아 있는 쪽이 언제나 더 힘들기 때문이다. 후회와 자책과 아쉬움과 그리움은 단념이 어려운 사람의 몫이다. 시간이 흐르고 날이 가도 한결같이 괴로워서 어느 날엔 다 버리고 도망가고 싶다가도 마치 나의 할 일인 양 남아서 글을 쓴다. 해가 지는 놀이터에서 모래로 이층집을 지어 보기도 하고, 흙 반죽으로 삼단 케이크를 만들기도 한다. 끊임없이 기억하고 반추하는 방식으로 빈자리를 메워 나간다.

함장님, ------논리적인------결론은------

단------하나,------전진입니다.

영화『스탠바이, 웬디』(벤 르윈 감독, 2017)

스물한 살 자폐인인 웬디의 꿈은 작가다. 트래키(영화『스타트 렉』의 열성적인 팬을 지칭하며 나이·성별·국적과 관계없이 전 세계에 포진해 있다)이기도 한 웬디는 자신이 쓴 시나리오를 공모전에 내기 위해 영화사에 직접 찾아가기로 한다. 지금껏 보호센터 주변을 벗어나 본 적 없는 웬디에게 LA까지 가는 일은 엄청난 모험이었고, 아니나 다를까 길도 잃고 돈도 잃고 출력한 원고의 절반이 날아가 버리는 사고까지 일어나는 등 온갖 고전을 겪는다.

실의에 빠진 웬디를 일으켜 세운 건 자신이 쓴 시나리오 대사였다. 시나리오에 길을 잃고 우주를 헤매는 존재가 등장하는데 그가 함장에게 말한다. "함장님, 논리적인 결론은 단 하나, 전진입니다." 이 말이 너무 좋아서 웬디를 따라 영어로 중얼거려보기도 했다. Captain, there is only one logical direction in which to go : forward. 웬디는 길가에 버려진 종이 뭉치를 주워오직 기억만으로 원고를 다시 쓰기 시작한다. 침착하게 자리를 잡고 앉아 손으로 문장을 써 나가는 웬디와 어둡고 빛나는 우주가 겹치는 아름다운 장면은 여전히 잊을 수 없다.

웬디에게 배운 것이 또 있다. 어디서나 자신을 '작가'라고 떳떳하게 소개하고 자신이 쓴 글에 대해 일말의 의심이나 주저 없이 확신 있고 당당하게 말하는 태도. 그런 믿음이 있었기에 자신의 글을 끝까지 책임질 수 있었고, 결정적인 순간에 그 글을 딛고 일어나 앞으로 나아갈 수 있었다. 그뿐인가. 시도 때도 없이 찾아오는 의심과 주저로 멈칫하는 나까지 일으켜 세워 주었다.

나는 나의 우주선을 지키는 함장. 이 광막한 우주에서 가장 논리적인 결론은 전진이다.

그 들 의 ------ 존 재 ------ 자 체 가 ------ 내 게

는 ------ 큰 ------ 힘 이 ------ 되 고 ------ 영 감

을 ------ 주 기 에 ------ 내 ------ 곁 에 ------ 있

다 는 ------ 것 만 으 로 도 ------ 감 사 하 다 .

「나만의 레퍼런스가 있다면-구보라」, 『WE SEE』 2호(프로젝트 위씨, 2021)

사람들 앞에서 나에 대해 말할 때 '잘 모르시겠지만', '아직 안 읽어보셨겠지만'이란 말부터 던지는 건 나의 오랜 버릇이다. 상대가 내 책을 알고 있을 확률보다 모를 확률이 더 높다는 가정 아래 나를 소개해야 마음이 편했다. 만든 책의 수가 손가락을 넘어 발가락까지 헤아려야 할 정도지만 독자가 늘고 있다는 체감은 좀처럼 들지 않았고, 따지자면 나는 무명 작가에 가깝다. 그러니까 저 말은 민망한 상황을 부드럽게 대비하기 위한 나만의 쿠션어인 셈이다.

나를 보러 온 사람들이 모인 북토크 자리에서조차 무심결에 이 말을 여러 번 했는지 한 독자가 물었다. "근데 왜 자꾸 모를 거라고 생각하세요?" 그러자 여기저기서 잔잔하게 동조하는 소리가 들렸다. 어리둥절해지는 순간이었다. 절묘한 타이밍에 진행자가 독자들에게 질문을 했다. "혹시 강민선 작가님 책 중에 가장 좋았던 책에 대해 말해 주실 분 계신가요? 나는 이 책이 좋았다고 함께 나누고 싶으신 분?" 그러자 한 명, 두 명, 세 명…… 모인 사람들이 돌아가며 말하기 시작했고 약속이라도 한 듯 전부 다른 책에 관해 이야기했다. 아니 이게 대체 무슨 일이지? 어떻게 나한테 이런 일이 생기지? 그 자리에서 울고 싶었는데 도무지 믿기지 않아서 눈물조차 나오지 않았다. 한참이 지나 이 글을 쓰면서 비로소 눈물 콧물 훔쳐 대고 있다.

내가 글을 쓰지 않았다면, 책을 만들지 않았다면 어떻게 이 사람들을 한자리에서 만날 수 있었을까. 한 권, 두 권, 세 권…… 책을 만들며 보낸 시간을 한꺼번에 보상받는 것 같았다. 이렇게 갑자기 나타나도 되는 건가요! 하늘에서 뚝 떨어져도 되는 거냐고요! 날아갈 듯한 기분이었다. 한 권의 책을 만인에게 알릴 자신은 없지만 열 권의 책으로 열 사람을 만나면 된다는 밑도 끝도 없는 용기가 생겼다. 가장 느리고 가장 밀도 높은 만남이다.

그－－－－－무엇도－－－－－한－－－－－인간의－－－－－

글쓰기를－－－－－멈춰－－－－－세울－－－－－순－－－－

－－없다.－－－－－그－－－－－인간－－－－－스스로－－－

－－－멈춘다면－－－－－몰라도.

찰스 부코스키, 『죽음을 주머니에 넣고』(설준규 옮김, 모멘토, 2015)

－59

나의 첫 번째 두려움은 내 글이 사람들의 관심을 받지 못하는 것이었다. 신경 쓰지 않으려고 해도 자꾸만 위축되었다. 아무도 알아주지 않는 글을 쓰는 게 과연 무슨 소용일까 계속 생각했다. 이 두려움은 그리 오래가지 않았다. 얼마 지나지 않아 더 큰 두려움이 생겼기 때문이다. 노트북을 열었는데 쓸 말이 없었다. 원고가 있어야 책을 만들 수 있는데 단 한 줄도 써지지 않았다. 내 안에서 더 이상 새로운 것을 찾을 수가 없었다. 마음이 텅 비어 버린 것 같았다. 내보낼 수 있는 건 다 내보냈기 때문일까. 계속 쓰려면 다시 채워야 하겠지? 그때부터 바깥으로 고개를 돌렸다. 책을 읽고 영화를 보고 기차를 탔다. 나와 연결된 바깥의 무언가를 찾아 글을 쓰기 시작했다. 빈 주머니가 다시 채워지는 기분이었다. 2021년에 쓰고 만든 책 『극장칸』에 관한 이야기다.

사람들이 내 글을 읽어 주지 않는 것보다 더 두려운 게 내게서 쓸 말이 사라지는 것임을 알자 오히려 마음이 편해졌다. 나를 밀고 나가는 힘이 사람들의 관심과 인정에 있지 않다는 뜻이니까. 물론 타인의 관심과 인정까지 받는다면 기분이 무척 좋을 거다. 행복하겠지? 점심시간에 도시락 같이 먹을 친구가 생긴 기분일까? 비 오는 하굣길에 멀쩡한 우산 하나를 주운 기분일까? 책상 서랍에 몰래 초코우유를 넣어 둔 지 사흘 만에 그 친구에게서 고백을 받는 기분일까? 아마도 비슷하겠지. 하지만 그 행복이 반드시 따라오지 않더라도 그 사실이 나의 글쓰기를 멈추진 않으리라는 믿음이 생겼다. 나는 또 다른 문을 열고 바깥으로 나가 나와 연결된 무언가를 찾고 말 거다. 시작도 끝도 나만이 정할 수 있다.

계 속 하 고 ------ 싶 잖 아 . ------ 조 금 만 ------

더 ------ 해 보 자 .

우세계, 『우아한 세계』(이후진프레스, 2020)

—60

도서관을 그만둔 해인 2018년 여름에 나는 책을 만들고 있었다. 퇴사를 기념하고 싶은 마음에 손으로 직접 만들었다. 프린터로 인쇄하고 실로 꿰서 재단하는 것까지 모두 집에서 혼자 했다. 책을 만들고 싶다는 생각을 처음 했을 때부터 수제본으로 연습했기 때문에 낯설거나 어렵지는 않았다. 끊임없이 반복하다 보니 어느새 요령이 생겨서 기술이 점점 정교해지고 속도도 붙었다. 문제는 그해 여름이 111년 관측 사상 기록적으로 더웠다는 것. 자연 바람이 좋다며 에어컨도 설치하지 않던 때였다. 가만히 있어도 땀이 줄줄 흐르는데 온몸을 쭈그린 채 바늘구멍에 실을 꿰고 있자니, 나는 그렇다 치고 땀으로 종이가 젖을까 걱정이었다. 책 만들기는 서른 권에서 멈췄다. 이게 나의 마지막 수제본이 되겠구나, 그때는 그렇게 생각했다.

2020년 여름에도 나는 바늘에 손가락을 찔려 가며 종이를 꿰고 있었다. 그해 9월에 열린 언리미티드 에디션에 내보낼 책을 만들기 위해서였다. 인쇄를 맡겨도 되었지만 그러기엔 기획, 원고, 디자인, 제작자의 유명세 등등 어느 것 하나 내세울 게 없었다. 내가 만든 책을 사람들 앞에 내놓았을 때 단 한 가지라도 독특한 구석이 있어야만 한다고 생각했다. 그게 그나마 수제본이었던 거다.

그해 여름도 더웠다. 에어컨이 생겼지만 밤에 혼자 작업하는데 에어컨을 켜는 건 낭비라는 생각에 차라리 창문을 열었다. 시원함이라곤 나노 입자만큼도 섞여 있지 않은 텁텁한 바람을 맞으며 '개미와 베짱이', '거북이와 토끼' 같은 전래동화를 떠올렸다. 어디선가 귀뚜라미 우는 소리가 들리면 벌써 가을이 왔나 싶어 손과 마음이 바빠졌다. 근데, 지금 뭐 하는 거지? 왜 그때를 추억하고 있지? 이거 뭐지? 앞으로 수제본은 절대로 안 하겠다고 거듭 다짐했던, 그 소란하고 수고스럽던 여름밤들이 왜 자꾸만, 이렇게 오래도록 생각나는지 모르겠다. 133

끈기란, ------남을------설득할------때

도------필요한------것.------몇------번

이고------다시------건의하는------것.---

---"교장------선생님,------학교------정

문------앞에------자전거------거치대----

--만들어------주세요.------그래야------자

전거------타고------학교에------올------

수------있어요."

채인선 글·김은정 그림,『아름다운 가치 사전 2』(한울림어린이, 2015)

가끔 있는 일이지만 서점에서 40권, 50권씩 책을 주문할 때가 있다. 배본사가 없어 우체국 택배를 주로 이용하지만 내키면 직접 가져다주기도 한다. 드문 주문이기 때문에 대체로 기분이 좋다.

책을 담은 상자를 수레에 올리고 끈으로 단단히 묶는다. 안 그랬다간 가는 길에 책 상자가 길바닥에 떨어지는 수가 있다. 몇 번 그런 적이 있는데 그때마다 영화 『소공녀』에서 주인공 미소가 길바닥에 쌀을 흘리며 걷는 장면이 떠올랐다. 미소는 쌀을 흘리고 나는 책을 흘리고. 내게는 책이 쌀이지 뭐. 그런저런 생각을 하며 책 수레를 끌고 전철역에 다다랐다. 무거운 책 수레 덕에 이제는 전철역 어디에 엘리베이터와 에스컬레이터가 있는지, 어디로 가야 계단을 적게 오르는지 다 안다. 바퀴 달린 수레를 끌고 다니기에 전철역 안이 얼마나 어렵고 복잡한지, 수레를 번쩍 들지 않고서는 지나가기 힘든 턱이 얼마나 많은지도 안다. 그리고 이건 힘든 축에도 못 낀다는 사실도.

그날은 장애인의 날이었다. 2호선 시청역에서는 장애인 단체의 시위 여파로 전철 운행이 원활하지 못하다는 역장의 안내가 반복해서 흘러나왔다. 기운이 빠졌다. 장애인 이동권 투쟁에 다 같이 동참하는 하루가 되자고 말해줄 역장은 없단 말인가. 아니, 장애인뿐만 아니라 이동이 어려운 모두를 위한 투쟁으로 생각할 순 없을까. 모두가 어느 순간 겪게 되는 몸의 한계와 그로 인한 불편을 줄이기 위해, 여전히 부족한 공중의 편의 시설 개선을 위해 위해 다 같이 힘써 보자고 말이다.

홀로 중얼거리며 앞으로 내가 누구의 곁에서 어떤 목소리를 꾸준히 내야 하는지 마음에 다시 한번 새겨보았다. 운동은 알아서 할 테니 전철역 계단에 열량 표시 그만하고 엘리베이터나 더 만들어 주세요! 불필요한 턱 없애 주세요! 화장실과 스크린도어에 휠체어 표시 크게 해 주세요!

종종 ーーーーーー전 혀ーーーーーー다 른ーーーーーー직 업 을ーーーー

ーー택 했 다 면ーーーーーー어 땠 을 지ーーーーーー상 상 합 니 다 .

이로, 『아무날에는 가나자와』(이봄, 2019)

홍대 근처에 작은 책방이 생겼다는 소식을 듣고도 한참 동안 가보지 않았다. 홍대 앞은 늘 새로운 뭔가가 생겼다가 사라지는 곳이었고, 거기도 그런 곳 중 하나겠거니 싶었다. 독립출판물에 관심이 생긴 건 한참이 지난 뒤, 그 책방이 연희동으로 이사했다는 소식을 듣고 나서였다. 2017년 4월의 어느 맑은 날 처음으로 그 책방에 갔다. 뭐 이런 책이 다 있나 싶은 책 중에서도 가장 책 같아 보이지 않는 책 한 권을 골랐다. 표지에 제목도 저자 이름도 없었는데 제본을 집에서 딱풀로 했는지 나중에는 표지마저 떨어져 버렸다. 을지로의 공간들을 찍은 사진을 흑백으로 인쇄해서 묶은 책이었다. 아버지가 오래 일했던 곳인데 사진으론 한 장도 남아 있지 않아서 이거라도 간직하고 싶어 집어들었다. 같은 해 10월, 나는 첫 독립출판물을 만들었다. 뭐 이런 책이 다 있나 싶은 책을 나도 만들기 시작했다.

유어마인드 대표 이로 님은 오프라인 책방을 시작한 2009년부터 아트북페어 '언리미티드 에디션'도 함께 총괄해 왔다. 매년 기대와 상상을 넘어서는 기획도 놀랍지만 무엇보다 나는 그의 한결같음에 눈길이 머문다. 내가 책방을 찾기 전에 책방이 없어졌거나, 내가 만든 독립출판물을 들고 북페어에 나가 볼 생각을 하기도 전에 북페어가 중단됐다면? 생각할 때마다 아뜩해진다. 조용하고 단단하고 늘 같은 자리에 있는 그는 책방 주인 말고 체스 선수, 지도 제작자, 요가 강사, 보험설계사, 부동산 중개업자, 시계 수리공, 프로 서퍼가 되었더라도 조금 특별한 방식으로 즐거움을 누리며 아주 오래 했을 것만 같은데, 그 수많은 가능성 가운데 어쩌다가 우연히도 책방이라서 다행이고 고맙다.

현 재 와 ─ ─ ─ ─ ─ ─ 미 래 를 ─ ─ ─ ─ ─ ─ 생 각 하 는 ─ ─ ─ ─ ─ ─ 사 람

들 ─ ─ ─ ─ ─ 와 야 ─ ─ ─ ─ ─ ─ 할 ─ ─ ─ ─ ─ 것 들 을 ─ ─ ─ ─ ─ ─ 끊

임 없 이 ─ ─ ─ ─ ─ ─ 생 각 하 고 ─ ─ ─ ─ ─ ─ 지 금 에 서 ─ ─ ─ ─ ─ ─ 그 것

을 ─ ─ ─ ─ ─ ─ 지 치 지 ─ ─ ─ ─ ─ ─ 않 고 ─ ─ ─ ─ ─ ─ 찾 아 내 는 ─ ─ ─

─ ─ ─ 사 람 들 은 ─ ─ ─ ─ ─ ─ 이 미 ─ ─ ─ ─ ─ ─ 미 래 를 ─ ─ ─ ─ ─ ─ 살

고 ─ ─ ─ ─ ─ ─ 있 다 고 ─ ─ ─ ─ ─ ─ 생 각 했 다 .

박솔뫼, 『미래 산책 연습』(문학동네, 2021)

"여러분들은 미래로 가십시오. 더 이상 울지 않고, 더 이상 죽지 않는 그리고 더 이상 갈라서지 않는 이 단결의 광장이 조합원들의 함성으로 다시 꽉 차는 미래로 거침없이 당당하게 가십시오."

2022년 2월 25일 노동자 김진숙님이 한 말이다. 그가 해고된 지 37년 만에 복직한 날이다. 복직과 노동 환경 개선을 위해 오랜 투쟁 중이던 그의 이야기가 궁금해서 관련 기사를 찾다가 듣게 된 가장 반갑고 기쁜 소식이었다. 도무지 믿어지지 않는 소식이기도 했다. 37년이라는 시간이.

긴긴 투쟁과 고통의 시간을 끝내고 새로운 시작을 알리는 연설에서 그는 우리에게 더 이상 울지 않고 죽지 않는 미래로 어서 가라고 한다. 그가 37년 동안 버텨 온 것은 자기 자신을 위해서도, 일자리를 되찾기 위해서도 아니었다. 모두의 미래를 향한 길을 내기 위해서, 그가 낸 길을 걸어갈 다음 사람을 위해서였다. 더불어 그는 하청 노동자 차별을 막아 달라고, 성소수자, 이주 노동자, 장애인, 여성의 말을 들어 달라고 당부한다. 지난 37년간 그가 온몸으로 보여 준 말이었다.

이런 그 앞에서 내가 어떻게 끈기에 대해 말할 수 있을까. 안전하고 따뜻하고 공포도 위협도 없는 곳에 앉아 글을 쓸 뿐인데 무슨 염치로 끈기를 이야기할 수 있을까. 내가 할 수 있는 일은 진짜 끈기를 보여 준 선배들, 동료들의 모습을 담는 것뿐인지도 모른다. 중심이 흔들릴 때마다 붙잡을 수 있는 그들의 언어를 모으는 것. 그들이 목숨 걸고 만들어 놓은 길 따라 거침없이 당당하게 걸어가는 것. 그래야 좁았던 길이 점점 더 넓어질 테니까.

글쓰기란 ーーーーーー넘을 ーーーーーー수ーーーーーー없는ーーーー

ーー벽에 ーーーーーー문을 ーーーーーー그린ーーーーーー후, ーーーー

ーーㄱ ーーーーーー문을 ーーーーーー여는ーーーーーー것이다.

크리스티앙 보뱅, 『환희의 인간』(이주현 옮김, 1984Books, 2021)

ー64

꿈을 자주 꾼다. 그 꿈은 정직하게도 나의 현실을 반영한다. 현실에서 부담을 느끼거나 압박을 받으면 꿈에선 반드시 누군가를 피해 도망치고 있거나 미로 같은 길을 헤맨다. 이럴 땐 잠꼬대도 심하게 하는데, 수면 애플리케이션에 녹음된 내 목소리("살려주세요")를 들을 때마다 웃기면서도 저릿하다.

글을 써야 하는데 시작을 어떻게 해야 할지 모를 때, 쓰던 글이 잘 풀리지 않을 때, 한창 쓰다가 아무래도 이게 아닌데 싶을 때 주로 힘겨운 꿈을 꾼다. 마감일이 따로 있는 것도 아니고 내 속도에 맞춰서 천천히 하기로 마음먹고도 너무 오랫동안 속도가 나지 않거나 답이 보이지 않으면 금세 조급해진다. 길을 찾아 끝도 없이 헤매는 꿈을 꾸고 나면 자고 일어나도 도통 잠을 잔 것 같지 않다. 영혼은 밤새 모래주머니를 찬 다리로 지구 반 바퀴를 돌았을 테니까.

'글쓰기란 넘을 수 없는 벽에 문을 그린 후 그 문을 여는 것'이라는 크리스티앙 보뱅의 말은 정확하게 맞는다. 이 말에 동의한다고 해서 내가 이런 경험을 해 보았다는 뜻은 아니다. 지금도 글을 쓰고 있지만, 넘을 수 없는 벽에 온갖 문을 그리고 있지만, 그 문을 여는 일만은 언제나 실패한다. 그래도 꿈을 꾼다. 길을 헤맨다. 꽉 닫힌 문의 손잡이를 억지로 돌려 보기도 하고 힘껏 두드려 보기도 한다. 끝내 열리지 않더라도 넘을 수 없는 벽에 계속해서 문을 그리는 것 역시 내가 사는 방식이기 때문에.

책 은 ----- 영 상 이 나 ----- 화 면 처 럼 ----- 눈

을 ----- 움 직 여 ----- 주 지 ----- 않 는 다 . ---

--- 스 스 로 ----- 정 신 을 ----- 쏟 지 ----- 않

는 ----- 한 ----- 정 신 을 ----- 움 직 이 지 도 --

---- 않 고 , ----- 마 음 을 ----- 두 지 ----- 않

는 ----- 한 ----- 마 음 을 ----- 움 직 이 지 ----

-- 않 는 다 .

어슐러 K. 르 귄, 『찾을 수 있다면 어떻게든 읽을 겁니다』(이수현 옮김, 황금가지,
2021)

깊은 새벽, 잠들기 전에 어슐러 르 귄의 2014년 전미도서상 공로상 수상 연설 영상을 다시 보았다. 어디선가 작가의 영혼이 나타나 그럴 시간에 영상 말고 책을 보라고 핀잔을 줄지도 모르지만 가끔은 살아 있는 작가의 눈을 마주하고 선명한 목소리를 듣고 싶을 때가 있다.

여든다섯 살의 몸으로 단상에 올라선 그는 오랫동안 문학계에서 소외됐던 판타지, 과학소설 작가들과 이 상을 나눌 수 있어 기쁘다고 말했다. 명예로운 상들은 지난 50년간 소위 현실주의자들의 것이었다는 말에 객석에선 공감 어린 환호가 터져 나왔다. 그와 거기 모인 사람들이 과학소설과 판타지를 쓰고 읽는다는 이유로 얼마나 많은 비판과 외면을 받아 왔는지, 그의 수상이 모두에게 어떤 의미를 던지는지 명확히 알 수 있는 장면이었다.

부끄럽지만 나는 과학소설을 잘 못 읽는 사람이었다. 제대로 읽지 않은 것뿐인데 그런 식으로 오해해 왔다. 훈련이 되어 있지 않아서, 세계관이 난해해서 등의 핑계를 대며 나중으로 미뤄 왔다. 왜 그랬을까. 왜 쉽게 이해할 수 있는 반쪽의 세상만 보려고 했을까. 힘든 시기를 예측하고 대안을 제시하는 예언자이자 다른 방식으로 존재하는 법을 탐구하는 연구자, 더 큰 현실에서의 진정한 현실주의자인 많은 과학소설 작가를 나 역시 나의 문학에서 배제해 온 건 아닌지 후회하고 반성했다.

그는 연설을 마무리하면서 자신의 작가 생활이 '길고 복되었다'고 말한다. 이 대목에 이르면 슬프면서도 기쁘다. 얼마나 좋은 말인가. 길고 복된 작가 생활. 한계 저편을 향한 끊임없는 상상과, 세상이 간주하는 경계를 넘어서기 위한 노력이 그의 작가 생활을 길고도 복되게 만들었으리라 짐작해 본다. 나 역시 이제부터 내 독서 목록의 한계를 지우려 한다. 현실을 넘어 다른 방식으로 존재하는 법을 배우려 한다.

우 리 －－－－－－ 가 진 －－－－－－ 것 －－－－－ 비 록 －－－－－－ 적

어 도 －－－－－ 손 에 －－－－－－ 손 －－－－－ 맞 잡 고 －－－－－－

눈 물 －－－－－－ 흘 리 니 , －－－－－－ 우 리 －－－－－－ 나 갈 － －

－－－－ 길 －－－－－ 멀 고 －－－－－－ 험 해 도 －－－－－ 깨 치

고 －－－－－－ 나 아 가 －－－－－ 끝 내 －－－－－ 이 기 리 라 .

노래 「거치른 들판에 푸르른 솔잎처럼」(양희은, 1979)

감사하게도 나에게 어울리는 글감을 찾기 위해 오랜 시간 머리를 모아 준 출판사 대표와 편집자가 있었기에 지금 이 글을 쓰고 있다. 그 전에 내가 먼저 해 보겠다고 제안한 주제는 좀 엉뚱한 것이었지만 그 이야기는 뒤에 가서 털어놓겠다. 내가 준비해 간 주제를 야심 차게 꺼냈을 때 심각할 정도로 어두워지던 두 사람의 표정이 아직도 생생하다.

끈기에 대해 써 보지 않겠느냐는 말을 들었을 때 처음에는 "제가요? 왜요?"라는 반응이 먼저 튀어나왔다. 모름지기 끈기라면 1998년 US 여자오픈 골프선수권대회에서 박세리 선수가 양말을 벗는 장면과 함께 흐르던 노래 가사처럼 '우리 나갈 길 멀고 험해도 깨치고 나아가 끝내 이기기라' 같은 서사가 필요하지 않을까? 그렇다면 박세리 선수 같은 사람이 써야 하는 이야기 아닌가! 멀고 험한 것까지는 비슷할지 몰라도 깨치고 나아가 끝내 이겨 본 적은 아직 없기에 선뜻 잘할 수 있다고 자신 있게 말하지 못했다. 그러면서도 마음 한편으론 끈기와 나를 연결해 준 두 사람의 혜안을 믿고 싶었다. 당신들의 안목이 역시 탁월했다는 사실을 증명하고도 싶었다. 집에 돌아오자마자 양말도 벗지 않고 책상 앞에 앉아 샘플 원고를 쓰기 시작했다.

그로부터 한 달이 지난 지금도 같은 마음이다. 친구들이 2박 3일 제주도 여행 가자는 것도 대차게 거절했다. 너희들끼리 다녀와. 이번엔 정말 잘 써야 해. 아무렴. 혼자 쓰고 만드는 책과는 임하는 자세가 다르다. 이 글을 쓰는 동안 나는 혼자가 아니다. 출판사의 임시 직원이 되어 동료들의 든든한 지지를 받으며 함께 쓰는 거다. 끝내 이길지 어떨지는 알 수 없지만 깨치고 나아가는 것까지는 해 보리라.

행복한 ＿＿＿＿＿＿ 식사 ＿＿＿＿＿＿ 한 ＿＿＿＿＿＿ 번이 ＿＿＿＿＿＿

지 친 ＿＿＿＿＿＿ 삶 을 ＿＿＿＿＿＿ 치 유 할 ＿＿＿＿＿＿ 수 ＿＿＿＿＿＿

있 다 고 ＿＿＿＿＿＿ 생 각 합 니 다 .

원재희, 『평양냉면』(독립출판물, 2018)

한동안 양갱을 주식으로 먹은 적이 있다. 아침에 일어나 냉장고에서 길이 7센티미터쯤 되는 양갱을 꺼내 절반을 잘라 먹은 다음 하루를 시작했고, 나머지 절반은 점심으로 먹었다. 그래도 배고프지 않았다. 사실은 먹을 수 있는 게 있다는 사실만으로도 다행인 날들이었다. 무엇을 떠올려도 먹고 싶지 않았고 한두 입만 먹으면 금세 속이 더부룩해져 더는 삼키지 못하던 때에 발견한 양갱은 내겐 혁신과 같은 음식이었다. 검지와 중지를 합친 크기의 작고 소중한 팥앙금 덩어리가 내 몸에 딱 필요한 만큼의 에너지를 빠르게 채워 주는 기분이었다.

물론 주변에선 걱정을 들었다. 우울해서 밥을 먹지 못하는 건데 밥을 먹어야 우울에서 벗어날 수 있다는 거다. 그건 알지만 도저히 우울해서 밥을 못 먹겠는걸. 아니, 글쎄 밥을 먹어야 우울하지 않을 수 있다니까! 무한 반복. 지금은 내게 그런 시기가 있었다는 걸 조용히 회상하고 있지만 그땐 하루하루를 보내는 일과 밥을 씹어 삼키는 일이 세상에서 제일 어려웠다. 그 일로 인해 내가 느낄 수 있는 감정의 폭이 조금 더 넓어지긴 했지만 가능하다면 다신 겪고 싶지 않다.

다시 밥을 먹게 된 건 내가 먼저 오랜 친구들에게 연락하면서부터였다. 언젠가 내게 무슨 일이 생기면 꼭 연락하라던 이들의 말을 기억해 낸 것이다. 전화를 받은 친구들 모두 깜짝 놀랐다. 차를 타고 먼 곳에 사는 친구의 집에 찾아갔고 친구를 집으로 부르기도 했다. 만나서 하는 건 그저 밥 한 끼 같이 먹기. 횟수를 거듭하는 동안 남기는 양이 조금씩 줄었고, 눈물보단 웃음이 늘었다. 그리고 나는 다음 스텝을 밟을 수 있게 되었다.

요 즘 에 ─ ─ ─ ─ ─ ─ 제 일 ─ ─ ─ ─ ─ ─ 많 이 ─ ─ ─ ─ ─ ─ 듣 는 ─ ─

─ ─ ─ ─ 말 이 ─ ─ ─ ─ ─ ─ 너 무 ─ ─ ─ ─ ─ ─ 늦 게 ─ ─ ─ ─ ─ ─ 저 한

테 ─ ─ ─ ─ ─ ─ 이 런 ─ ─ ─ ─ ─ ─ 스 포 트 라 이 트 가 ─ ─ ─ ─ ─ ─ 비

친 ─ ─ ─ ─ ─ ─ 것 ─ ─ ─ ─ ─ ─ 같 다 고 ─ ─ ─ ─ ─ ─ 말 씀 을 ─ ─ ─ ─ ─ ─

하 시 는 데 ─ ─ ─ ─ ─ ─ 저 ─ ─ ─ ─ ─ ─ 스 스 로 는 ─ ─ ─ ─ ─ ─ 이

만 한 ─ ─ ─ ─ ─ ─ 얼 굴 이 나 ─ ─ ─ ─ ─ ─ 이 만 한 ─ ─ ─ ─ ─ ─ 몸 매

가 ─ ─ ─ ─ ─ ─ 될 ─ ─ ─ ─ ─ ─ 때 까 지 ─ ─ ─ ─ ─ ─ 그 ─ ─ ─ ─ ─ ─ 시 간

이 ─ ─ ─ ─ ─ ─ 분 명 히 ─ ─ ─ ─ ─ ─ 필 요 했 다 고 ─ ─ ─ ─ ─ ─ 생 각 합 니

다 .

배우 이정은, 제40회 청룡영화제 여우조연상 수상 소감

영화나 드라마를 보다가 어떤 얼굴을 발견하는 순간이 있다. 분명 처음 보는 얼굴인데 신인은 아닌 것 같고, 연기 정말 많이 해 본 사람 같은 얼굴. 오래 살아 본 것 같은 얼굴. 어떤 배역이 주어 져도 그 사람이 될 것 같은 얼굴. 어디 숨어 있다가 이제 반짝 나타난 걸까, 나만 몰랐던 사람일까 싶어 이름을 검색해 보면 대부분 오랫동안 연극배우나 조연, 단역배우로 활동했던 이력이 있다. 스포트라이트를 받아 본 적 없어 겉보기엔 평범한 보통 사람이지만 그것과 상관없이 늘 배우로 살아왔고 살고 있는, 속속들이 배우인 얼굴을 만나는 순간이면 어째선지 동족을 만난 기분이다. 그런 사람이 스포트라이트를 받는 순간이면 여지없이 같이 운다.

배우들의 자연스러운 '생활 연기'를 좋아해서 노트북에 '생활 작문'이라는 제목의 폴더를 만들어 두었다. 글이지만 단지 글 같지 않은, 누군가의 살아 있는 목소리를 연습하고 싶었다. 문장만으로도 하나의 이야기와 장면이 얼마나 자연스럽게 보일 수 있는지 실험하고 싶었다. 여전히 연습 중이다. 아마도 어느 무명 배우가 묵묵히 보내 온 시간만큼 쓰고 채워야만 나도 생활 연기, 아니 생활 작문의 대가가 될 수 있겠지만 이 과정이 고달프지만은 않다. 많은 무명 예술가가 그렇게 살아왔듯 그저 최선을 다해 내가 되어 나의 삶을 살면 되는 거니까.

작가가ーーーーー글을ーーーーー쓰는ーーーーー건ーーーーー
바로ーーーーー'독자'를ーーーーー위해서입니다.ーーーーー
'그들'이ーーーーー아닌,ーーーーー'당신'인ーーーーー독
자를ーーーーー위해.ーーーーー'친애하는ーーーーー독자'
를ーーーーー위해.ーーーーー'갈색ーーーーー올빼미'와ーー
ーーーー'신'의ーーーーー중간ーーーーー어디쯤에ーーーーー
존재하는,ーーーーー이상적인ーーーーー독자를ーーーーー위
해.ーーーーー그리고ーーーーー어쨌거나ーーーーー이런ーー
ーーーー이상적인ーーーーー독자는ーーーーー누군가,ーーー
ーー어떤ーーーーー'한ーーーーー사람'이지요.ーーーーー독서
라는ーーーーー행위도ーーーーー글을ーーーーー쓰는ーーー
ーー행위처럼ーーーーー언제나ーーーーー단수로ーーーーー이
루어지니까요.

마거릿 애트우드, 『글쓰기에 대하여』(박설영 옮김, 프시케의 숲, 2021)

━69

글 쓸 때 꼭 필요한 게 무엇이냐는 질문을 받으면 '내 글을 읽어 주었으면 하는 딱 한 사람'이라고 대답한다. 나는 그 사람을 생각하며 글을 쓴다. 그는 나와 비슷한 성장기를 보냈거나, 비슷한 장소를 거닐다 비슷한 자리에서 주저앉아 본 적이 있을 터이다. 누군가를 사랑할 때마다 심장이 무지개색으로 변하는 통에 온몸으로 혼란을 겪는 사람일지도 모른다. 나의 중력이 되어 주는 그 사람을 중심에 두고 그에게서 이탈하지 않도록 적당한 속도와 운동 에너지로 주변을 천천히 도는 것. 이것이 나의 일이다.

불특정 다수가 아닌 딱 한 사람을 특정하고 글을 쓰면 글쓰기가 훨씬 쉬워진다. 이 글이 닿아야 할 곳을 정확히 알기 때문이다. 진심을 전하고 싶은 마음이 간절하기에 힘들이지 않아도 글이 충실하고 층위가 촘촘해진다. 물론 그렇게 쓰인 글이라고 해서 모두 다 목적지에 다다르지는 않는다. 세상에는 수신 불가 지역도 있으니까. 다만 상상해 본다. 나의 친애하는 독자, 갈색 올빼미와 신의 중간 어디쯤 존재하는 이상적인 독자가 내 글을 읽어 줄 거라고. 그때 비로소 글이 시작된다.

꾸준히 글을 쓰는 힘이 어디서 오느냐는 질문의 대답도 마찬가지다. 내 글을 읽어 주었으면 하는 딱 한 사람, 그 사람이 나를 쓰게 한다. 아무리 주변이 시끄러워도 글을 쓸 땐 완벽한 혼자가 되듯, 읽는 사람도 나만큼이나 혼자라는 사실을 그 사람 덕에 알게 되었다. 둘이서만 나누는 친밀한 대화처럼 글이 솔직해졌고, 그를 배려하다 보니 문장으로 무례를 범하는 일도 피할 수 있었다. 쓰다가 막혔을 때 그 사람을 떠올리면 다시 이어 볼 용기가 생겼고, 다 쓰고 나면 가장 먼저 달려가서 보여 주고 싶은 마음이 속도를 내게 했다. 세상에 독자와 나, 우리 둘밖에 없다고 생각할 때, 나의 마음을 읽어 줄 사람이 오직 당신 하나뿐일 때, 진짜 하고 싶은 이야기가 나온다.

나는ーーーーー돌아갈ーーーーー식탁이ーーーーー있는ーーー

ーーー사람이다.ーーーーーー내가ーーーーー끓이고ーーーーーー싶

은ーーーーー수프에ーーーーー들어가야ーーーーーー할ーーーー

ーー재료를ーーーーー아는ーーーーー사람이다.ーーーーー내

가ーーーーー선택한ーーーーー식탁ーーーーー위에ーーーーー

내ーーーーー손으로ーーーーー끓인ーーーーー수프를ーーーー

ーー올릴ーーーーー수ーーーーー있는ーーーーー사람이다.

황유미, 『수프 좋아하세요?』(카멜북스, 2021)

ー70

책 표지에 적힌 '나를 먹여 살리는 정직한 기다림의 맛'이라는 문장보다 더 어울리는 말은 없을 법한 책, 황유미 작가의 『수프 좋아하세요?』를 읽는 내내 선택받은 자의 자부심이 느껴졌다. 나는 원하면 언제든지 작가가 끓여 주는 맛있는 수프를 얻어먹을 수 있으니까. 물론 나만의 생각일 뿐 아직 작가와 얘기해 본 적은 없다. 그냥 그렇게 믿고 싶어질 만큼 책에 맛있는 수프 이야기가 가득하고, 언젠가 황유미 작가가 '재료만 사 오면 다 만들어 줄 수 있다'고 한 말을 기억하기 때문이다.(녹음해 놨어야 하는데!)

책을 읽다 보면 수프 끓이듯 나를 위해 오랜 시간 정성을 들이는 마음에 대해 알게 된다. 다른 사람을 위로하는 데에 긴 시간을 쓰고, 괜찮아졌는지 물어보기도 하고 기다려 주기도 하는 내가 정작 나에게는 그러지 않고 있었다. 내게도 그런 사람이 필요한데 그게 나여도 충분하다는 생각을 그동안 못 했던 거다. 타인에게 해 주는 말을 내게 해 줄 수 있고, 타인에게 보내는 눈빛과 표정과 손짓을 내게도 똑같이 보낼 수 있다. 심지어 포옹하거나 쓰다듬어 주는 것도 가능하지 않은가.

작가가 지친 몸을 이끌고 집으로 돌아오며 되뇌는 말이 오래 마음에 남았다. 나를 가장 잘 아는 사람은 나다. 가장 오랜 시간 무거운 나를 이끌고 여기까지 온 사람, 지금껏 누구를 만나 무슨 일을 겪었는지 다 아는 사람, 나의 슬픔과 괴로움과 풀지 못한 오해와 갈등의 역사를 전부 기억하는 사람은 나다. 그러니 나를 가장 잘 위로해 줄 수 있는 사람도 나이지 않을까.

멈추고 싶어질 때마다 나에게 하는 말이 있다. "괜찮아! 할 수 있어!" 어린애 달래는 말처럼 들려서 입 밖에 내뱉긴 좀 부끄럽지만 혼자 있을 땐 소리 내서 나에게 말해 준다. 내가 널 알아. 다른 사람은 몰라도 나는 널 알아. 괜찮아. 할 수 있어.

살면서 －－－－－본 －－－－－적이 －－－－－없는 －－－

－－－반짝임, －－－－－느낀 －－－－－적이 －－－－－없

는 －－－－－중력의 －－－－－부재, －－－－－상상해

본 －－－－－적이 －－－－－없는 －－－－－차원은 －－－－－

떠올릴 －－－－－때마다 －－－－－설레고 －－－－－앞으

로 －－－－－또 －－－－－어떤 －－－－－장면들을 －－－－－

볼 －－－－－수 －－－－－있을지 －－－－－궁금한 －－－－－

마음에 －－－－－더 －－－－－살고 －－－－－싶게 －－－－－

만듭니다.

임소라, 『살고 싶은 밤에』(유어마인드, 2021)

시간이란, 노력하지 않고도 행복한 날에서 기를 쓰고 노력해야만 행복해지는 날로 흐르는 게 아닐까. 문득 이런 생각이 들었다. 그렇다면 지금 나의 시간은 아마도 그 중간 어디쯤인 것 같다. 한없이 가라앉는 날엔 내 인생에 설렐 만한 일이 더는 없겠다 생각하다가도 어느 날 문득 예상하지 못한 기쁨이 찾아와 "나는 당신 것이니 어서 받아요!"라고 말해 주기도 한다. 그런 날엔 역시 세상은 살아갈 만한 곳이구나 싶어 이 순간까지 무사히 살아 낸 나 자신이 고맙게 느껴진다.

좋아하는 작가에게 친해지고 싶다는 내용의 메일을 보내 놓고 조마조마하던 순간의 설렘을 기억한다. 답장이 오지 않더라도 낙심하지 말기로 스스로에게 얼마나 되뇌었던지. 다음 날 받은 답장이 이메일이 아니라 종이로 된 편지였다면 아마 지금쯤 형체를 알아볼 수 없을 만큼 바스러져 있을지 모른다. 그렇게 기뻐했던 날이 불과 몇 달 전이다. 주고받은 메일 안에 앞으로 어떤 내용이 담길지 궁금한 마음이 나를 더 살게 한다.

내가 쓰고 만드는 책에 앞으로 어떤 내용이 담길지 궁금한 마음도 나를 살게 한다. 이 일을 언제까지 할 수 있을지는 모르겠지만 가능하면 마지막 순간까지 하고 싶다. 그러기 위해 나를 설레게 하는 누군가의 문장을 만나는 일도 부지런히 하고 싶다. 그런 문장은 마치 16세기 에스파냐 사람들이 남아메리카 아마존강 기슭에 있다고 상상한 황금의 나라 엘도라도와 같아서 무조건 발견한 사람이 임자다. 그러니 사는 날까지 기를 쓰고 노력하고 싶다. 다음이 더 궁금하고 어제보다 오늘 더 행복한 사람이 되기 위해서.

앎 이 ─ ─ ─ ─ ─ ─ 멈 추 면 ─ ─ ─ ─ ─ ─ 시 간 도 ─ ─ ─ ─ ─ ─ 멎 는 다 . ─

─ ─ ─ ─ ─ 앎 이 ─ ─ ─ ─ ─ ─ 멈 춘 ─ ─ ─ ─ ─ ─ 사 람 의 ─ ─ ─ ─ ─ ─ 시

간 은 ─ ─ ─ ─ ─ ─ 멎 으 며 ─ ─ ─ ─ ─ ─ 그 ─ ─ ─ ─ ─ ─ 사 람 은 ─ ─ ─ ─

─ ─ 더 ─ ─ ─ ─ ─ ─ 자 라 지 ─ ─ ─ ─ ─ ─ 않 는 다 .

김보영, 「걷다, 서다, 돌아가다」, 『얼마나 닮았는가』(아작, 2020)

─72

만나는 사람이 손에 꼽히긴 하지만 그들 대부분은 글을 쓰고 있고 사회, 인권, 환경 문제에 관심이 많은 젊은 여성 작가다. 많게는 열 살 이상 어린 상대 앞에서 긴장하는 쪽은 오히려 나다. 자칫하면 내가 살아온 시간이나 경험에 비추어 상대가 느끼기에 진부하고 답답한 이야기를 꺼낼까 조심스럽다.

보이지 않는 모든 촉수를 온 힘을 다해 세운 채 내가 할 수 있는 일은 상대의 이야기를 듣는 거다. 하는 일이 비슷하니 얼추 비슷한 생각을 할 법하지만 가만히 듣고 있으면 같은 사안을 두고도 얼마나 더 민감하고 예리하게 판단하는지, 얼마나 더 적확한 언어를 사용하는지 알게 된다. 간혹 거울처럼 비치고 만 나의 부족하고 부주의한 면 때문에 한없이 부끄러워지는 순간도 찾아오지만 그렇다고 이 귀한 만남의 기회를 포기할 수 없다. 나를 부끄럽게 하는 상대를 만나고 온 날은 한없이 기쁜 날이기도 하니까. 나의 잠들었던 어떤 부분을 건드려 깨워 준 덕에 아직 살아 있음을 느낀다.

며칠 전에도 좋아하는 작가와 청계천 재개발에 관한 대화를 나눈 뒤 집에 돌아와 나머지 공부하듯 관련 자료를 찾아보았다. 놓치고 넘어간 약자와 소수자의 목소리를 뒤늦게 확인하면서 새삼 깨달았다. 아직도 갈 길이 멀구나. 공부 좀 미리 하지. 상대에게 알려 주는 것 하나 없이 매번 이렇게 배우기만 하는구나. 배워서 갚아야지. 더 많은 사람에게 알리고 나눠야지. 이런 다짐이 나를 자라게 한다. 살아가게 한다.

숲은 ㅡㅡㅡㅡㅡㅡ무척이나ㅡㅡㅡㅡㅡㅡ아름답고ㅡㅡㅡㅡㅡㅡ어둡

고ㅡㅡㅡㅡㅡㅡ깊지만ㅡㅡㅡㅡㅡㅡ난ㅡㅡㅡㅡㅡㅡ지켜야ㅡㅡㅡㅡㅡㅡ

할ㅡㅡㅡㅡㅡㅡ약속이ㅡㅡㅡㅡㅡㅡ있고,ㅡㅡㅡㅡㅡㅡ잠자리에ㅡㅡ

ㅡㅡㅡㅡ누우려면ㅡㅡㅡㅡㅡㅡ한참ㅡㅡㅡㅡㅡㅡ더ㅡㅡㅡㅡㅡㅡ가

야ㅡㅡㅡㅡㅡㅡ하네.

로버트 프로스트 시, 수잔 제퍼스 그림,『눈 내리는 저녁 숲가에 멈춰 서서』(이상희 옮김, 살림어린이, 2013)

원래는 서가에서 다른 책을 찾으려다가, 찾으려던 책이 좀처럼 보이지 않던 중에 예전에 좋아했던 그림책이 눈에 띄어 꺼냈다. 화가 수잔 제퍼스가 로버트 프로스트의 시 「눈 내리는 저녁 숲가에 멈춰 서서」 구절에 맞추어 그림을 그려 넣은 책이다.

은발이 풍성한 작고 귀여운 할아버지가 마차를 타고 숲길을 달린다. 찬 바람 때문에 코와 뺨이 불그스름하다. 고요한 숲에 다다랐을 때는 한 해 중 가장 어두운 저녁. 농가도 인적도 없는 숲과 꽁꽁 얼어붙은 호수 사이에 홀로 멈춰 선 그는 눈으로 온통 하얗게 덮인 숲속에서 기이한 평화와 자유를 느낀다. 그는 겨울 숲 동물들을 위해 마차에서 곡식을 꺼내 눈밭 한가운데에 쌓아 둔다. 나무 틈에 숨어서 호기심 어린 눈으로 바라보는 토끼와 다람쥐와 사슴의 눈망울이 반짝인다.

바로 이 장면에서 가장 좋아하는 구절이 나온다. '숲은 무척이나 아름답고 어둡고 깊지만 난 지켜야 할 약속이 있고'다. 몇 번이나 다시 읽게 만드는 문장이다. 난 지켜야 할 약속이 있고, 난 지켜야 할 약속이 있고……. 이 말이 왜 그렇게 좋았을까. 아름답고 어둡고 깊은 곳에 고립된 채 느끼는 자유도 좋지만 지켜야 할 약속을 생각하며 숲과 작별하고 돌아서는 그의 모습에서 내가 잊고 있던, 지키고 싶던 것들이 떠올랐다.

지금도 자주 그렇다. 아름답고 어둡고 깊은 것과 마주하는 순간 그 안에 한없이 머무르고만 싶어질 때가 있다. 시간이 멈춰 버린 진공 상태 같은 그곳에서 나도 그만 멈추고 싶을 때가. 하지만 난 지켜야 할 약속이 있고……. 그것을 꼭 지키고 싶고, 그런 나를 기다리는 사람이 있기에 훌훌 털고 자리에서 일어난다. 채비를 갖추고, 가야 할 곳을 향해 묵묵히 걸어간다.

나는 ーーーーー 두 ーーーーー 세계 ーーーーー 사이에 ーーーーー

있습니다. ーーーーー 그래서 ーーーーー 어느 ーーーーー 세계

에도 ーーーーー 안주할 ーーーーー 수 ーーーーー 없습니다. ーー

ーーーー 그 ーーーーー 결과 ーーーーー 약간 ーーーーー 견디기

가 ーーーーー 어렵지요.

토마스 만, 「토니오 크뢰거」, 『토니오 크뢰거/트리스탄/베니스에서의 죽음』
(안삼환 옮김, 민음사, 1998)

ー74

『하는 사람의 관점』이란 책을 만들었다. 5년 차 출판사가 된 임시제본소 이야기라고 소개했지만 모아 놓은 글을 쭉 읽어 보면 결국 나의 정체성에 관한 이야기다. 작가와 출판인, 초보와 5년 차, 내향인과 외향인, 예술가가 되고 싶은 자영업자, 과거를 잊지 못하고 현실을 사는 사람…… 어느 한쪽에 완전히 속하지 않고 일부만 걸쳐 있는 채로 쭉 가는 사람. 그게 나였다. 그래서인지 책의 정체성도 모호해졌지만 그것 역시 나를 닮았다.

책을 만들어 서점에 입고할 때는 분야를 정해야 한다. 소설인지 에세이인지, 에세이라면 또 어디에 들어갈지. 하지만 쓰는 동안에는 그저 글이다. 글을 이끌어 가는 사람은 나이거나, 다른 사람의 모습을 뒤집어쓴 나일 뿐이다. 결국에는 내가 보는 세계이고 내가 하고 싶은 이야기다. 생각하고 표현하는 일로 이어가는 삶 전체를 놓고 본다면 내가 쓰는 모든 글이 하나의 장르다. 나라는 장르.

그다음에 만든 『어크로스 더 리버스』는 한강 다리를 건넌 이야기라고 소개했지만 제대로 읽어 보면 역시 나의 정체성에 관한 이야기다. 이쪽과 저쪽을 가로지르며 과거와 현재를 오가는 나, 새로운 나를 발견할 때마다 참담하고도 황홀한 나. 누군가는 묻는다. 이런 걸 대체 왜 쓰냐고. 나는 대답한다. "일종의 교신이에요. 세상 어딘가에 나와 비슷한 사람이 꼭 한 명은 있을 것 같아서요. 혼자서는 견디기 힘드니까요."

진정한 ------연민이란 ------감상적이지 ------

않은 ------창조적인 ------연민으로, ------이

것은 ------무엇을 ------원하는지를 ------분명

히 ------알고, ------힘이 ------닿는 ------

한 ------그리고 ------그------이상으로 ----

--인내심을 ------가지고 ------함께 ------견디

며 ------모든 ------것을 ------극복하겠다는 --

----의지를 ------가진 ------연민을 ------말

한다.

슈테판 츠바이크, 『초조한 마음』(이유정 옮김, 문학과지성사, 2013)

어릴 때부터 나는 누가 울면 따라 우는 아이였다. 그가 왜 우는지 몰라도 일단 같이 운다. 그 버릇은 마흔이 넘어 버린 지금까지 가지고 있다. 누군가 울 때 따라 울거나 앞뒤 맥락을 모르고도 같이 울 수 있는 건 순간 몰입도가 우수해서라고 자체 평가하고 있지만, 사실은 단순할 정도로 감정적인 인간이기 때문이다. 착해서가 아니라 약해서 눈물이 많다. 그래서 더 조심하고 싶다. 타인의 안타까운 사연 앞에서 먼저 눈시울을 붉히기 전에 그가 더는 눈물 흘리는 일 없도록 나서서 할 수 있는 일을 고민하는 쪽이 훨씬 강하다는 걸 알고, 나는 그런 인간이 되고 싶으니까.

슈테판 츠바이크의 『초조한 마음』에는 두 종류 연민이 나온다. 나약하고 감상적인 연민은 타인의 불행이 주는 충격에서 최대한 빨리 벗어나고 싶은 초조한 마음일 뿐이며, 고통을 나누는 대신 거기서 빠르게 도망친다. 진정한 연민은 그와 같이 견디는 것이다. 의지를 갖고 함께 극복하는 것이다. 가진 것 가운데 차고 넘치는 게 눈물이라면, 앞으로는 더 귀한 곳에 쓰고 싶다. 누구를 위한 건지 모를 감정을 한번에 쏟아 버리고 갑자기 어색해져서 뒤돌아서는 게 아니라 조금씩 천천히, 오래오래 곁에 머무는 사람이 되고 싶다.

다시 ------나가도------돼.------언제든.---

---넌------다시------돌아오게------될걸.

하양지, 『우리는 시간문제』(유어마인드, 2021)

76

모든 건 시간문제라고 생각했다. 시간이 지나면, 나이를 좀 더 먹으면 괜찮아지는 거라고. 감당 못 할 문제는 사라지고, 견딜 수 없는 슬픔을 더는 겪지 않아도 되는 시기가 반드시 온다고 말이다. 아직 그날이 오지 않은 걸까. 오히려 나이를 먹을수록 나의 문제를 어디에도 쉽게 털어놓을 수 없다는 절망만 더해 간다. 무엇이든 기정사실로 만들어 버리는 언어의 무서움을 알기에 고민은 쉽게 말이나 글이 되어 나오지 않고, 혼자서만 끙끙 앓는 시간만 늘어 간다. 그러다가 결국은 아무도 없는 집에서 꺽꺽 소리 내서 울어 버리기까지 한 오늘. 그 와중에도 써야만 하는 글이 나를 책상 앞에 앉게 한다. 눈물 콧물에 젖은 휴지를 쓸어 모아 치우는 일도 내 몫이다.

하양지 작가의 만화 『우리는 시간문제』 속의 우유진 같은 친구가 내게 있다면 어땠을까. 나를 알고, 나의 글을 기다려 주는 친구. 가까운 곳에서 조용히, 때로는 큰 목소리로 지지해 주는 친구. 가상으로 만들어 낸 친구 말고, 책으로만 만날 수 있는 친구 말고, 진짜 사람 친구. 힘들면 언제든 그만둬도 되지만 다시 돌아올 거라 믿는다고 말해 주는 친구. 혼자서 1인 2역, 3역을 해 내며 나를 다독이는 데에 익숙해졌다고 생각했는데 사실은 아니었다. 그런 친구가 바란다고 눈앞에 나타나 주는 것도 아니고, 어쩌면 세상에 없을 사람인 걸 아니까 애초에 기대하지 않았는지도 모른다. 결국 우유진도 책 속의 인물이잖아?

별수 있나. 하던 대로 해야지. 다 울었으면 휴지 치워야지. 두루마리 화장지로는 감당이 안 되니 순면 손수건이나 한 장 더 사야겠다.

디디, －－－－－우린－－－－－늘－－－－－이렇게－－－－

－－뭔가를－－－－－찾아내는－－－－－거야.－－－－－그

래서－－－－－살아－－－－－있다는－－－－－걸－－－－－

실감하게－－－－－되는구나.

사뮈엘 베케트, 『고도를 기다리며』(오증자 옮김, 민음사, 2000)

아침에 일어나 차를 마시고 밥으로 배를 채울 때만 해도 오늘의 계획이 있었다. 한강 다리 걷기. 처음에는 과연 이걸 잘할 수 있을까, 여기서 무슨 의미를 찾을 수 있을까 의심스러웠는데 하나둘 걷다 보니 이젠 다리를 건너기만 해도 마음이 가벼워졌다. 다리를 건너는 행위 자체가 의미가 된 것이다. 크든 작든 고민거리가 생기면 그걸 손에 쥐고 다리를 건넜다. 그렇게 함께 강을 건너고 나면, 내 손바닥을 다치게 할 것만 같던 고민의 울퉁불퉁한 표면이 강바람에 쓸린 듯 반들반들해져 있었다. 부드럽고 매끄럽고 반짝반짝 윤이 났다. 열 개가 넘는 다리를 건너고 나니 이변이 없는 한 끝까지 할 수 있겠다는 확신이 생겼다.

이 루틴이 나를 살리고 있었다는 걸 더욱 절실히 깨달은 건 어느 날 다른 일정 때문에 다리를 건너지 못하게 되었을 때였다. 인쇄 맡긴 책이 예상과 달리 일찍 도착하는 바람에 종일 집에서 책을 날라야 했다. 집과 책에 발이 묶이자 온몸이 조여 왔다. 준비해 둔 고민과 문제가 주머니에 하나 가득인데 다리를 건널 수 없다니. 다리만 건너면 되는데. 강바람만 쐬어 주면 되는데. 길게 쭉 뻗은 다리 위에서 시내를 내려다보는 동시에 두 다리로 꼿꼿하게 걸어 주기만 하면 되는데. 그걸 못하게 되자 지금껏 그 단순한 일이 내게 무엇을 주었는지 확실히 알게 되었다. 약속이었다. 어떤 일이 있어도 나를 지켜 주겠다는 약속.

최고의－－－－－－아마추어는－－－－－－프로의－－－－－－기

술을－－－－－－갖춘－－－－－－사람이겠지만,－－－－－－반

면－－－－－－진정한－－－－－－프로란－－－－－－본질적으

로－－－－－－아마추어로－－－－－－남아－－－－－－있는－－－

－－－사람들이다.

마이클 키멜만, 『우연한 걸작』(박상미 옮김, 세미콜론, 2009)

겉으론 꽤 자유로워 보이는 독립출판을 하면서 종종 감옥에 갇힌 기분이 들 때가 있다. 아마추어라는 이름의 감옥. 왜 나는 뭘 해도 아마추어 같을까. 글을 써도, 그림을 그려도, 그것을 이렇게 저렇게 배치하고 편집해 보아도 당최 프로의 느낌은 찾아볼 수가 없다. 뭔가 부족하고 허술하다. 돈을 들여 전문 편집자나 디자이너에게 맡기면 해결되는 문제일까. 돈도 없지만 그렇게 해서 만든 책을 과연 내가 만들었다고 할 수 있을까. 죽이 되든 밥이 되든 내 손으로 이렇게 저렇게 하는 동안 이 모든 세계가 펼쳐진 것 아닐까. 고민은 다시 원점으로.

『뉴욕타임스』에서 미술 비평가로 일했던 마이클 키멜만은 『우연한 걸작』을 통해 위대한 작가의 삶뿐만 아니라 위대한 마니아의 열정도 걸작을 낳을 수 있다고 말한다. 때론 익명의 아마추어 작가의 손에서 인생의 경이로운 순간이 포착되기도 한다. 치열하고 끈질긴 내적 탐구에서 비롯된 예술은 예술가와 예술 애호가의 손을 가리지 않고 탄생한다. 자, 그렇다면, 만년 아마추어의 그늘에서 벗어나지 못할 것만 같은 이 갈증이 해소되길 바라기보다, 할 수 있는 한 이 판에서 마음껏 뛰어노는 진정한 아마추어가 되어 보는 건 어떨까. 혹시 모르잖아? 언젠가 먼 훗날에 세상의 패러다임이 몇 번 더 바뀌고 나면 아무도 모른 채 조용히 과거에 묻혔던 익명의 작품이 빛을 발하는 순간이 올지도.

내가 대체 뭐 하는 사람인지 혼돈이 왔을 때 내 상태를 가만히 듣고 있던 상대가 정리해 준 말이 있다. "예술가죠." 일종의 선언과 같은 말을 타인에게 들으니 과분하고 송구하게 느껴졌지만 흐뭇한 마음만큼은 숨길 수 없었다. 주어진 시간을 충만하게 가꿔 나가기 위해 관찰하고 느끼고 창작하는 것이 일상인 채로, 돈이나 명예보단 진실한 삶에 더 가까이 가고자 하는 것이 작업의 원천인 아마추어인 채로 즐겁게 살고 싶어졌다.

바 위 처 럼 – – – – – 살 아 가 – – – – – 보 자 . – – – – – 모

진 – – – – – 비 바 람 이 – – – – – 몰 아 친 대 도 . – – – – – 어

떤 – – – – – 유 혹 의 – – – – – 손 길 에 도 – – – – – 흔 들 림 – –

– – – – 없 는 – – – – – 바 위 처 럼 – – – – – 살 자 꾸 나 .

노래 「바위처럼」(꽃다지, 1994)

많은 구기 종목 중에 농구를 선택한 건 혼자서도 시작할 수 있겠다 싶어서였다. 스포츠의 꽃은 팀플레이라지만 당장 같이 할 사람을 모으기가 어려웠고, 일단 골대 앞에서 공을 던지는 건 혼자서도 할 수 있으니까. 문제는 혼자서 공을 들고 골대 앞에 서는 일이었다. 어쩌면 이게 가장 큰 난관이었을지도 모른다. 다른 사람의 시선을 극복하는 것. 아무도 나에게 신경 쓰지 않는다는 걸 알기까지 내가 써먹은 방법은 음악을 들으면서 하기. 일명 '운동요'였는데 공교롭게도 그때 들었던 음악이 노동자를 위해 불리던 노래들이었다. 꽃다지의 「바위처럼」, 「처음처럼」, 「노래여 우리의 삶이여」를 들으며 공을 튕기면 희한하게도 기운이 마구 솟구치며 나와 공과 골대만 보였다. 지금도 농구할 때마다 이 노래를 듣는다.

꽃다지의 「바위처럼」을 처음 들은 건 2022년 9월 24일 '기후정의행진'에 참가했을 때였다. 시청에서 시작한 행진이 광화문 앞에 이르렀을 때 전주가 흐르자 다 같이 환호했다. 노래가 시작되자 함께 걷던 사람 모두가 따라 불렀다. 나만 부르지 못한 게 아쉬워서 집에 돌아와 반복해서 들었다. 혼자 농구하며 듣기도 했지만 언젠가 이들과 다시 모이고 행진하고 노래하기 위해 연습해 두고 싶었다. 가사 때문일까, 노래가 지닌 힘과 염원 때문일까. 이 노래를 따라 부르는 동안에는 정말 바위라도 된 양 모진 비바람과 유혹의 손길로부터 나를 지켜 낼 수 있을 것 같았다. 농구는 여전히 못하고 혼자 골대 앞에 서기까지 아직도 커다란 용기가 필요하지만, 운동요만큼은 기가 막히게 잘 고른 듯.

어쩌면 ─────이런 ───── 것들이 ───── 흔히 ──

────말하는 ───── '연대'의 ───── 감각 ──────

아닐까. ───── 망했다는 ───── 생각에 ───── 손

마저 ───── 얼어붙어 ───── 제대로 ───── 움직이

지 ───── 못하는 ───── 순간 ───── 어디선가 ──

────갑자기 ───── 나타나는 ───── 손들 ─────

같은 ───── 것. ───── 그 ───── 손들이 ─────

누군가를 ───── 필요한 ───── 형태로 ───── 만들

어 ───── 가는 ───── 과정 ───── 같은 ─────

것.

김훈비, 『다정소감』(안온북스, 2021)

원고 청탁이 들어온 적이 있다. 흔치 않은 기회이기도 하고 평소에 관심 있던 주제이기도 해서 덥석 맡았다. 원고를 쓰다 보니 처음의 포부가 조금씩 주저앉기 시작했다. 애초에 감당하기 어려운 일을 하겠다고 덤벼든 건 아닌가 의심하며 의뢰인이 보낸 메일을 재차 확인했다. 날짜는 가고 있고 이제 와서 무를 수도 없는 상황이었다. 어떻게든 내가 할 수 있는 선에서 빨리 마무리를 짓는 편이 낫겠다 싶었다. 잘하고 싶지만 한계를 인정해야만 하는 순간. 이런 건 꼭 외부 원고를 쓸 때 더 자주 찾아온다.

피드백이 오는 대로 수정할 시간까지 계산해서 마감보다 일주일 앞서 원고를 보냈다. 쓰면서 막혔던 부분, 어려운 부분을 솔직히 고백했다. 프로답지 못해 보일까 봐 걱정도 됐지만 글이 방향을 잃는 것보단 나았다. 몇 시간 뒤 의뢰인에게서 답이 왔고, 메일을 읽는 순간 손으로 입을 틀어막을 정도로 감동받았다. '여기에 이 부분을 넣어 보면 어떨까요?', '이런 얘기가 더해지면 어때요?', '이런 내용을 포함하면 더 좋지 않을까요?'라며 원고를 보완할 만한 자료를 일일이 찾아서 보내 준 거다. 쓰는 사람이 할 일을 대신 해 준 것 같아 고마우면서도 미안한 마음을 표현하자, '마땅히 해야 할 일이며 자신은 이 일이 즐겁다'는 답변이 왔다.

혼자 일하는 것과 함께 일하는 것 중에 무엇이 더 좋으냐는 질문을 받은 적이 있다. 혼자가 편하다는 말을 버릇처럼 하던 때도 있었지만, 한참을 생각한 뒤 달라진 진심을 말했다. 함께할 수 있는 사람이 있다면 당연히 그편을 택할 거라고. 내가 보지 못하는 것을 보고, 찾지 못하는 것을 찾는 사람, 혼자서는 갈 수 없는 곳까지 이끌어주는 사람이 분명히 있다고 말이다.

다 잉 님 의 ー ー ー ー ー ー 친 구 분 이 ー ー ー ー ー ー 살 기 ー ー ー ー ー ー 위

해 ー ー ー ー ー ー 하 시 는 ー ー ー ー ー ー 일 이 ー ー ー ー ー ー 그 분 께 ー ー ー ー

ー ー 즐 거 운 ー ー ー ー ー ー 일 이 길 ー ー ー ー ー ー 바 랍 니 다 . ー ー ー ー ー ー

그 러 면 ー ー ー ー ー ー 계 속 할 ー ー ー ー ー ー 수 ー ー ー ー ー ー 있 다 고 ー ー ー

ー ー ー 생 각 해 요 .

이혜오, 『우리가 별을 볼 때』(책나물, 2022)

ー 8 1

이혜오 작가의 『우리가 별을 볼 때』는 아이돌에 열광하고 팬픽에 사로잡힌 10대 소녀들의 사랑을 담은 소설이다. 팬픽을 써 본 적도, 아이돌을 좋아해 본 적도 없는 내가 이 책을 읽게 된 건 그들의 언어와 문화를 알고 싶은 호기심 때문이었는데 읽다 보니 어느새 나의 청소년 시절이 떠올랐다.

하얗게 잊고 있었지만 그러고 보니 나도 팬픽을 쓰긴 썼다. 중학생 때 영화 『죽은 시인의 사회』를 처음 보고 감명을 받은 나는 등장인물의 캐릭터를 그대로 빌려 새로운 이야기를 만들었다. 당시 17세의 에단 호크에게 빠지지 않기란 매우 어려웠고, 그가 가장 믿고 의지하던 절친의 죽음이 너무나도 충격적이어서 두 사람만의 다른 이야기를 만들어 내지 않고는 견딜 수가 없었다. 이것도 팬픽 아닐까? 당시의 내 마음을 꺼내 보고 나서야 비로소 알게 되었다. 어떤 사람은 그렇게 하지 않으면 견딜 수 없어서, 그렇게 했을 때 느끼는 행복과 안정감을 알아 버려서, 종이 위에 또 다른 세상을 구축해 내고야 만다.

또 하나 알게 된 것이 있다. 그 시절에 겪은 모든 감정은 다 남는다는 것이다. 내게 청소년 시기를 색으로 표현해 보라면 단번에 까맣게 칠할 수 있다. 빛나는 순간은 짧았고, 그 순간마저 언제 사라질까 조마조마한 나머지 그런 순간이 오면 가슴이 먼저 알고 미리 아플 준비를 했다. 그런 나였는데, 무사히도 그 시간을 견뎌 준 덕에 지금의 내가 여기 있다. 어떤 날엔 그 오래전에 내 안에 들어온 감정을 끄집어내 글을 짓는다. 온통 까만색으로 칠해진 스케치북 위로 가느다란 펜이 지나가면 그 자리에 무지갯빛 바탕이 드러난다. 나는 그 빛을 본다.

목포에서 ------베를린까지 ------해가 ------뜨
는 ------곳에서 ------해가 ------지는 ------
곳까지 ------우리는 ------그 ------거리를 --
----지나는 ------동안 ------여덟 ------번
의 ------여행을 ------하고 ------아홉 ------
편의 ------글을 ------쓰고 ------노래를 ---
---만들고 ------춤추고 ------노래하고 ------
기도하고 ------외롭고 ------들뜨고 ------슬프
고 ------황홀했다.

영화 『사막을 건너 호수를 지나』(박소현·송영윤 감독, 2019)

『사막을 건너 호수를 지나』는 평화를 전하는 퍼포먼스 그룹 '레츠피스'Let's Peace 청년과 여행대안학교 '로드스꼴라' 청소년이 함께한 1년간의 기차 여행을 담은 다큐멘터리다. 2017년 이들이 제안한 '남북한 교사를 위한 수학여행 로드맵'이 '통일 창업 아이디어 공모전'에서 통일부 장관상을 받은 일이 계기였다. 이왕 상까지 받았으니 일을 키워 보자, 큰북을 울리며 우리의 여행을 세상에 알리자! 목포, 천안, 서울을 지나 블라디보스토크에서 유라시아 횡단열차를 타고 베를린까지 이어지는 꿈의 여정은 이듬해인 2018년에 현실이 된다.

청년과 청소년은 '세월호 세대'이자 '촛불 혁명 세대'로 불리기도 한다. 시대의 상처를 고스란히 떠안게 된 '잃어버린 세대'이자 원하고 바라는 것을 스스로 '찾은 세대'이기도 하다. 하지만 여전히 나라는 분단되어 있고 세계는 전쟁 중이다. 당장 할 수 있는 일이 힘껏 악기를 두드리며 소리 높여 평화를 노래하는 것뿐이라서 제 몸집만 한 퍼커션을 메고 기차역 광장에 모인다. 춤과 노래와 연주를 시작한다. 비가 와도, 햇살이 뜨거워도 멈추지 않는다. 특히 세월호 유가족 집회에서 이들의 북소리가 울려 퍼지는 장면은 몇 번을 다시 봐도 가슴을 울린다.

시민 3만 5천 명이 모인 '924 기후정의행진'에서 그 북소리를 실제로 들었을 때 누군가 심장을 두드리는 것만 같았다. 경쾌한 바투카다 리듬에 맞춰 모두가 깃발을 흔들고 춤을 췄다. 그날 유난히 파랬던 하늘만큼이나 비현실적으로 아름다운 풍경이었다. 그 순간 알았다. 바로 이게 평화의 모습이라는 것을. 이 행진을 계속하는 한 평화가 우리 곁에 함께할 거라는 사실을 말이다.

나는 ㅡㅡㅡㅡㅡ택시를 ㅡㅡㅡㅡㅡ타면 ㅡㅡㅡㅡㅡ기사님에게 ㅡㅡㅡㅡㅡ팁을 ㅡㅡㅡㅡㅡ묻곤 ㅡㅡㅡㅡㅡ했다. ㅡㅡㅡㅡㅡㅡ그중에 ㅡㅡㅡㅡㅡ가장 ㅡㅡㅡㅡㅡ기억에 ㅡㅡㅡㅡㅡ남는 ㅡㅡㅡㅡㅡ건 ㅡㅡㅡㅡㅡ서초동에서 ㅡㅡㅡㅡㅡ강남역으로 ㅡㅡㅡㅡㅡ갈 ㅡㅡㅡㅡㅡ때 ㅡㅡㅡㅡㅡ만난 ㅡㅡㅡㅡㅡ기사님이 ㅡㅡㅡㅡㅡ한 ㅡㅡㅡㅡㅡ말이었다. ㅡㅡㅡㅡㅡ"운전 ㅡㅡㅡㅡㅡㅡ어려울 ㅡㅡㅡㅡㅡ거 ㅡㅡㅡㅡㅡ하나 ㅡㅡㅡㅡㅡ없어요. ㅡㅡㅡㅡㅡ옆에서 ㅡㅡㅡㅡㅡ어떻게 ㅡㅡㅡㅡㅡ하든 ㅡㅡㅡㅡㅡ자기 ㅡㅡㅡㅡㅡ길만 ㅡㅡㅡㅡㅡ쭉 ㅡㅡㅡㅡㅡ가면 ㅡㅡㅡㅡㅡ돼요."

박현주, 『당신과 나의 안전거리』(라이킷, 2020)

운전면허 주행시험을 네 차례 치렀다. 면허증 하나 얻기 위해 쏟아부은 돈과 시간과 땀과 눈물이 아깝지 않도록 바로 차를 사서 기를 쓰고 도로를 달렸다. 죽어도 못 할 것 같던 일을 마침내 하게 되었고, 앉아서 책 보고 글 쓰는 것 말고도 할 줄 아는 일 하나가 더 생겼다는 자신감이 붙었고, 그게 일상의 편의와 자유를 보장해 준다는 사실을 체감했다. 언젠가는 나도 다른 사람처럼 겉옷 입듯 차를 타고 걸어가듯 운전하는 사람이 되어 있을 줄 알았다.

이건 매일 운전하는 사람들 얘기였다. 1년에 두 차례, 명절에만 운전하던 나는 그마저도 점점 하지 않게 되었다. 운전하지 않을수록 운전하면서 좋았던 기억은 점점 흐려지고, 두렵고 겁먹었던 기억, 어딘가에 부딪히고 상처 났던 기억, 조수석에 앉은 사람을 기함하게 했던 기억만 비대하게 커졌다. 1년에 한 번 보험 갱신을 위해 계기판 사진을 찍어 보낼 때 말고는 시동도 켜지 않았다. 그런데 최근에 해방촌 골목을 걷다가 문득 다시 운전하고 싶다는 생각이 들었다. 면허를 따고 얼마 지나지 않을 때 책방을 찾아가겠다고 겁도 없이 해방촌 비탈길을 위태롭게 달리던 예전의 내가 떠올랐다.

오랜만에 차 문을 열고 안에 들어가 보았다. 거미줄이라도 있을 줄 알았는데 깨끗하고 아늑했다. 언제든, 어디든 자유롭게 떠나고 싶어서 비싼 값을 치르면서까지 운전하려 했던 과거의 나를 만나는 기분이었다. 잔뜩 겁을 먹다가도 양손으로 핸들만 붙잡으면 희한하게 용기가 샘솟는 것까지 그대로다. 긴장할 때마다 떨리던 손도 부드러운 핸들을 쥘 땐 차분해진다. 하려고 들자 좋았던 기억만 떠오르는 건 대체 어떤 마음의 작용일까. 어렵게 얻어 낸 기동력을 발휘해 가 보고 싶은 곳이 생겼기 때문일까. 다시 천천히, 조심스럽게라도 시작하고 싶었다. 처음 그날처럼.

인간의 ーーーーー삶이 ーーーーー모험일 ーーーーー수ーーー

ーーー있는 ーーーーーー것은 ーーーーーー세계가 ーーーーーー우연

과 ーーーーー필연으로 ーーーーー이루어져 ーーーーー있기 ーー

ーーーー때문이다. ーーーーーー그리고 ーーーーーー우연과 ーーー

ーーー필연 ーーーーーー가운데서 ーーーーーー인간의 ーーーーー

자유는 ーーーーーー기회와 ーーーーー도전을 ーーーーー발견한

다. ーーーーー그리고 ーーーーー삶의 ーーーーー의미를.

이성민, 『철학하는 날들』(행성B, 2018)

－84

2022년 6월, 서울국제도서전에 처음으로 참가했다. 준비하는 날을 포함해서 엿새 동안 매일 택시를 타고 홍대에서 코엑스까지 출근했다. 강변북로를 달리며 양화대교부터 시작해 지난봄에 걸었던 한강 다리를 차례로 세다 보면 어느새 영동대교 진입로. 영동대교는 항상 막혔고 그 지점에서 항상 잠이 들었다. 첫날엔 가져온 책만 다 팔려도 좋겠다고 생각했는데 날마다 그만큼씩 가져와야 할 정도로 관람객이 많았다. 눈앞에서 책을 읽고 사는 사람들이 너무 신기해서 나도 모르게 흘끔거렸다. 어느 부분에서 웃는지, 손가락을 가리키며 친구와 속닥이는 그 부분이 대체 어디인지 속으로 무지 궁금했다. 나한테 직접 말해 주면 좋을 텐데. 내가 글쓴이라는 걸 모르는 관람객도 많았는데 그것조차도 신기했다. 도서전을 마치고 한참 지나서까지도 모든 장면이 생생했다.

하지만 도서전 일주일 전까지만 해도 취소를 고민할 정도로 마음이 불편했었다. 나의 규모에 비해 너무 큰 행사가 아닌지, 가뜩이나 작은데 생각할수록 더 작아지는 느낌이었다. 작아지고 작아져서 먼지만 해질 때쯤 퍼뜩 정신을 차렸다. 작으면 작게 가자. 작게 있자. 그때만 해도 모험과 신비가 가득한 만남이 기다리고 있을 줄은 까맣게 몰랐다. 잘 찾아보지 않으면 보이지 않는 자리까지 찾아와 평생 잊지 못할 마음을 주고 간 이들을 만나게 될 줄은 정말 몰랐다.

도서전 동안 매일 집에 돌아갈 때마다 "내일 봐요!"라고 인사할 수 있게 해 준 독립출판 동료 참가자들도 예상 못 한 크나큰 선물이었다. 가까운 곳에서 무서운 속도로 정이 들었다. 도서전이 끝나면 각자의 자리로 돌아갈 거란 생각만으로 이별하듯 슬퍼졌다. 다음 행사 때 꼭 다시 만나기로 했으니 그때까지 또 열심히 쓰고 만들어야지. 내게 와 줄 사람들을 열심히 기다려야지.

살 아 －－－－－－있 으 려 는 －－－－－－발 버 둥 은 －－－－－－우 리

를 －－－－－－변 화 시 킨 다 .

김영옥·메이·이지은·전희경, 『새벽 세 시의 몸들에게』(봄날의책, 2020)

아침 아홉 시, 카페에 도착해 아침으로 먹을 커피와 빵을 주문한 뒤 자리에 앉으려는데 갑자기 핑 돌았다. 왜 이러지? 의자에 앉았지만 몸을 가눌 수 없었다. 어지럽고 메스껍고 눈앞이 캄캄했다. 찬 바람 아래서도 식은땀이 줄줄 흘렀다. 일행도 없는데 여기서 혼자 주저앉아 버리면 무슨 망신인가 싶어 가까스로 힘을 냈다. 주문한 음식이 나왔다는 말에 기운을 끌어모아 자리에서 일어났다. 정신 차려! 할 수 있어! 쓰러지더라도 음식 받고 나서!

음식을 받은 뒤 화장실에 가서 헛구역질 몇 번 하고 났더니 조금 나아졌다. 커피를 한 모금 들이켜자 조금 더 나아졌다. 무엇보다 조금 덜 부끄러워져서 다행이었다. 이전처럼 계속 앉아서 읽고 쓸 수 있게 되었으니까. 지나고 보면 짧은 순간이었지만 영원 같은 공포였다.

한차례 전쟁을 치른 듯 아프고 나면 숨 쉴 수 있는 것만으로도 감사한 마음이 든다. 주변에 나처럼 아픈 사람이 있는지 한 번 더 돌아보게 된다. 카페에 혼자 온 사람, 조용한 사람, 기운 없어 보이는 사람에게 한 번 더 마음이 간다. 시간과도, 노화와 질병과도 싸워 이길 수 없는 인간이 유일하게 할 수 있는 일이 있다면, 서로 의존하고 돌보는 것 아닐까 생각한다.

어렵게 생기를 되찾은 나는 이 순간에 할 수 있는 것을 떠올린다. 써야 할 글이 있지만 잠시 미루고 가장 생각나는 사람에게 안부 메시지를 보낸다. 아프지 말자고, 밥 잘 챙겨 먹고 건강하게 지내자고, 같이 다짐해 둔다.

향과 ------ 맛을 ------ 표현할 ------ 때 ------

쓰는 ------ 단어를 ------ 알고 ------ 난 ------

뒤에는 ------ 훈련을 ------ 통해 ------ 풍미를 --

---- 익혀야 ------ 한다.

조승원, 『버번 위스키의 모든 것』(싱긋, 2020)

글쓰기와 위스키 시음의 공통점이 있다면 몸 안에만 감돌고 있는 어떤 것을 어떻게든 '표현'해야 한다는 것인지도 모르겠다. 분명히 뭔가 느껴지는 게 있는데 도무지 언어로 표현이 안 될 때 어떻게 해야 하는가. 위스키를 사랑한 저자가 위스키의 모든 것을 정성스레 담아낸 책에서 우연히 힌트를 얻었다.

저자는 일단 마트에 가서 갖가지 풍미를 가진 곡류와 견과류, 과일과 향신료, 시럽 등의 향을 직접 맡아 보고 맛을 보라고 말한다. 느낀 것을 표현하려면 느낌의 경험을 풍부하게 쌓아 두어야 하고, 최대한 구체적으로 표현하는 연습을 해야 한다. 말린 체리와 블루베리, 구운 살구, 달콤 쌉싸름한 너트멕을 맛보지 않고 어떻게 그 맛을 표현할 수 있겠는가. 평소에 먹어 보고 맡아 본 만큼만 느낄 수 있다. 돌이켜 보니 위스키를 처음 맛보던 날 나는 딱 경험한 만큼 소감을 말했다. "내시경 검사 받기 전에 마취제 냄새를 들이켠 듯한 맛인데요?"

위스키를 숙성시키려면 새 오크통이 필요하다. 위스키를 담기 전에 오크통 안을 굽고 태우는데 이 과정에서 위스키에 풍미를 더하는 여러 성분이 나무 밖으로 빠져나오고 통 안쪽 벽에 생긴 숯은 필터 역할을 해 준다(그래서 위스키에서 탄 향이 느껴졌구나). 완성된 오크통에 위스키 원액을 채워 숙성고에 저장한 뒤 기다리는 것까지가 인간의 일이다. 기다리는 동안 위스키의 알코올 성분이 오크통의 나무 세포벽 안에 스몄다가 밖으로 빠져나가면서 아름다운 빛깔을 띠게 되고 맛과 향도 풍성해진다.

위스키에는 관심도 없었는데 위스키를 좋아하는 사람을 만나고, 좋아하는 마음이 잔뜩 느껴지는 책을 읽고, 그 마음을 표현하는 방법을 하나씩 알게 되었다. 이런 과정을 거친다면 세상에 사랑하지 못할 건 아무것도 없겠다는 생각마저 들었다. 언젠가는 위스키를 제대로 시음하는 날도 찾아오겠지.

나 는 ─ ─ ─ ─ ─ ─ 누 구 에 게 ─ ─ ─ ─ ─ ─ 어 떤 ─ ─ ─ ─ ─ 이 야 기 를 ─ ─ ─ ─ ─ ─ 전 하 고 ─ ─ ─ ─ ─ ─ 싶 은 ─ ─ ─ ─ ─ 걸 까 ? ─ ─ ─ ─ ─ 이 ─ ─ ─ ─ ─ ─ 질 문 이 ─ ─ ─ ─ ─ ─ 있 었 기 에 ─ ─ ─ ─ ─ ─ 드 러 내 는 ─ ─ ─ ─ ─ ─ 쪽 으 로 ─ ─ ─ ─ ─ ─ 몸 을 ─ ─ ─ ─ ─ ─ 기 울 일 ─ ─ ─ ─ ─ ─ 수 ─ ─ ─ ─ ─ ─ 있 었 다 . ─ ─ ─ ─ ─ ─ 나 에 게 는 ─ ─ ─ ─ ─ ─ 하 고 ─ ─ ─ ─ ─ ─ 싶 은 ─ ─ ─ ─ ─ ─ 말 이 ─ ─ ─ ─ ─ 있 었 으 니 까 . ─ ─ ─ ─ ─ 편 견 을 ─ ─ ─ ─ ─ ─ 먹 고 ─ ─ ─ ─ ─ ─ 자 라 는 ─ ─ ─ ─ ─ 성 장 ─ ─ ─ ─ ─ ─ 위 주 의 ─ ─ ─ ─ ─ 언 어 가 ─ ─ ─ ─ ─ 아 닌 , ─ ─ ─ ─ 편 견 을 ─ ─ ─ ─ ─ ─ 해 체 하 고 ─ ─ ─ ─ ─ 세 계 를 ─ ─ ─ ─ ─ 돌 보 는 ─ ─ ─ ─ ─ 언 어 . ─ ─ ─ ─ ─ ─ 배 제 가 ─ ─ ─ ─ ─ ─ 아 닌 ─ ─ ─ ─ 연 대 의 ─ ─ ─ ─ ─ ─ 언 어 . ─ ─ ─ ─ ─ ─ 나 를 ─ ─ ─ ─ ─ ─ 자 유 롭 게 ─ ─ ─ ─ ─ ─ 한 ─ ─ ─ ─ ─ 언 어 .

홍승은, 『숨은 말 찾기』(위즈덤하우스, 2022)

퀴어에 관심이 생겼고, 퀴어 관련 책을 읽기 시작했고, 그럴수록 퀴어가 점점 좋아져서 나도 퀴어가 아닌지 생각한다고 고백했을 때 가만히 듣고 있던 상대가 말했다. "새우 좋아한다고 다 새우예요?" 새우가 들어간 해물 파스타 한 접시를 다 비우고 난 다음이었다. 아, 그런가요? 그렇군요……. 우리는 같이 웃었다. "작은 감정을 일부러 크게 키우지 말아요. 그냥 흘려보내요." 상대가 해 주는 말의 의미를 알 것 같았다. 나를 걱정하고 있다는 것도.

평범하게 살아온 사람이 갑자기 퀴어에 관심을 갖다가 마침내 퀴어 정체성을 인지하는 건 걱정할 만한 일일까. 정체성 고민을 끝내고 어느 쪽으로든 확정지은 사람이 나는 부럽기만 한데. 자신의 정체성을 인정해 주는 사람을 만나 사랑받고 사랑하며 자유롭게 사는 사람이 세상에서 가장 행복할 것 같은데. 그 행복이 결코 거저 주어지는 게 아니며, 누군가는 날마다 걱정과 싸우고 있다는 것을 내가 그 상황이 되고 나서야 알게 되었다. 평범하게 살아온 시간이 길었던 만큼 극복해야 할 것들이 많았고, 어쩌면 나와 같은 고민을 하는 사람 모두의 어려운 숙제일지도 모르겠다고 생각했다. 하지만 나는 이 숙제를 풀어내고 싶다. 정답은 몰라도 더 많은 사람의 응원과 지지를 얻어 내고 싶다. 내가 전하고 싶은 이야기가 이 안에 있는 것만 같다.

20대에는 서른 이후의 삶을 생각하지 못했고, 30대에는 마흔 이후를 가늠할 수 없었다. 눈앞에 닥친 현실을 살아 내기에도 급급한 내게 미래는 허무한 공상에 가까웠다. 요즘 나는 그 미래를 꿈꾸고 산다. 허무한 공상이라도 자꾸만 그려 보려 애쓴다. 나를 강하게 만들고 자유롭게 하는 것이 무엇인지 이제는 알기 때문이다. 그것에 닿기 위해 되고 싶은 나를 오늘도 끊임없이 상상한다. 새우를 좋아해서 새우가 되어 버린 나를 상상한다.

50퍼센트를------지속적으로------하는------

게------100퍼센트를------터뜨리고------번

아웃에------빠지는------것보다------낫지.

지니 게인스버그, 『성소수자 지지자를 위한 동료 시민 안내서』(허원 옮김, 현암사, 2022)

—88

내게 새로운 꿈이 생겼다. 노련한 '앨라이'가 되는 것이다. 앨라이Ally는 성소수자 지지자이면서 모든 차별에 반대하는 활동가를 칭하는 용어로, 윤이형 작가의 단편 「정원사들」에서 처음 만났다. 사회과학서나 페미니즘 이론서가 아닌 소설을 읽다가 알게 되어서인지 마음에 더 크게 다가왔고, 가슴속에 뿌리라도 내린 듯 점점 자라나는 기분이었다.

앨라이는 당장의 선언으로 쉽게 될 수 있을지 몰라도 노련해지려면 다른 모든 일과 마찬가지로 관심과 노력, 공부와 끈기가 필요하다. 존재하지만 누락되기 쉬운 이야기를 찾아내고, 내가 하는 말과 행동이 누군가에게 미칠 수 있는 영향을 끊임없이 생각하고, 모두가 당연히 이성애자 시스젠더일 거라고 가정하지 않음으로써 누군가를 강제 커밍아웃이나 거짓말 중 양자택일의 상황에 몰아넣지 않고, 젠더를 걷어 낸 언어를 사용하고, 모두에게 더 안전한 환경, 모두가 적용할 수 있는 시스템을 만들고……앨라이가 나서서 해야 할 일은 무궁무진하다.

당장 무지개 깃발을 들고 다니지 않더라도 일상에서, 주변에서, 만나는 사람들에게 '우리가 아는 세상이 전부라고 말하지 않는 것'부터 시작해 보려고 한다. 운이 좋아 글 쓰고 책 만드는 일을 계속할 수 있다면 그것을 도구 삼아 계속해서 보여 주고 싶다. 내가 할 수 있는 방식으로 천천히 오래, 지치지 않고 변함없이.

소중한 사람을 슬프게 하고 싶지 않아서 앨라이가 되겠다고 한 사람이 있었다. 그날 처음 본 사람이었는데도 그 진심이 그대로 전해졌다. 어떤 소중한 한 사람은 모든 사람을 사랑하게 만든다. 한 소중한 생명이 모든 생명을 사랑하게 만드는 것처럼. 그렇게 가까운 곳에서부터 천천히, 멀리 물들이는 사람이 되고 싶다.

친구 한 테 ーーーーー 조 아 한 다 고 ーーーーー 핻 는 데 ーーーーー

차 여 따 고? ーーーーー 그 ーーーーー 친 구 한 태 도 ーーーーー 생 각

할 ーーーーー 시 간 을 ーーーーー 주 자. ーーーーー 그 리 고 ーーー

ーー 나 중 에 ーーーーー 한 ーーーーー 번 ーーーーー 더 ーーーーー

고 배 캐. ーーーーー 친 구 가 ーーーーー 받 아 ーーーーー 주 면 ーー

ーーー 사 기 는 ーーーーー 거 고 ーーーーー 아 니 면 ーーーーー

디 도 ーーーーー 돌 아 보 지 ーーーーー 마. ーーーーー 마 음 이 라

는 ーーーーー 거 ーーーーー 어 쩔 ーーーーー 수 ーーーーー 없 잖

아.

정유리, 『독수리의 오시오 고민 상담소』 (봄볕, 2022)

새 학년 새 학기, 아직 친구 한 명 사귀지 못한 초등학생 구름이에게 어느 날 독수리 한 마리가 나타난다. 새로 부임한 상담 선생님이다. 독수리는 친구 사귀는 어려움을 털어놓는 구름이의 말을 진지하게 들어 주고 구름이의 답답한 마음을 해소해 줄 답을 제시한다. 독수리와 대화하는 동안 구름이는 어느새 마음을 솔직하게 표현하는 방법을 알게 되고 원하던 친구도 사귄다.

타인과 관계 맺는 일이야말로 가장 농도 깊은 끈기가 필요하지 않을까 싶다. 보이지 않는 내 마음을 누군가에게 전하고, 역시 보이지 않는 누군가의 마음을 얻는 일이니 어느 정도의 시간과 노력이 필요한지 가늠조차 안 된다. 시간과 노력을 아무리 쏟아도 원하는 관계를 맺지 못할 수 있고, 때로는 좋은 관계를 위해 진짜 마음을 감추기도 해야 한다. 어렵다. 이 어려운 걸 유치원생 때부터 해 왔다는 게 놀랍고, 그 후로 수십 번은 경험했을 텐데 여전히 어렵다는 점이 더욱 놀랍다.

구름이와 같은 고민을 털어놓는 아이들에게 독수리가 맞춤법을 잔뜩 틀려 가며 쓴 상담 편지 내용이 유난히 가슴 한가운데를 파고들었다. '그 친구한테도 생각할 시간을 주자. 그리고 나중에 한 번 더 고백해.' 솔깃한 대답이다. 그렇지, 인생에는 '꽝'도 있지만 '한 번 더'도 있지. 그러나 중요한 다음 문장이 남았다. 친구가 원하지 않으면 단념해야 한다. 뛰는 가슴을 억지로 떠안기는 일이 없도록 단단히 붙잡고 기다려야 한다. 진짜 끈기가 필요한 순간은 바로 그때인지도 모른다. 내 마음을 상대에게 맞춰 주는 일. 좋아한다면 더더욱 해 주어야 할 일.

나의 ------뿌리는------내가------만드는---

---거죠,------내가.

영화 『너에게 가는 길』(변규리 감독, 2021)

지난 2022년 7월 16일 제23회 서울퀴어문화축제에 다녀왔다. 그동안 멀리서 바라보거나 소식만 들었지 축제의 현장에 함께 있기는 처음이었다. 축제라기엔 어디서 총알이 날아오고 폭탄이 터져도 이상하지 않을 법한 아수라장이었지만 현장에서 직접 목격하는 것과 멀리서 소식을 전해 듣는 것은 하늘과 땅 차이라는 사실도 알게 되었다.

광장 안 무대에서 성소수자 부모 모임 대표 '나비'의 연설이 있었다. 영화 『너에게 가는 길』을 본 사람이라면 그저 달려가 부둥켜안고 싶은 이름. 시작부터 마지막까지 모든 내용이 가슴을 뜨겁게 했지만, 예술가들이 더 이상 차별과 혐오에 맞서지 않고 오직 창작에만 전념할 수 있는 세상이 왔으면 좋겠다는 말에 예술가라도 된 양 눈에 눈물이 맺혔다. 나비의 선창에 따라 '살자, 함께하자, 나아가자'를 힘껏 외쳤다. 뭐야, 나 원래 사람 많은 데 가면 금세 에너지 방전되는 사람이라고 생각했는데, 아니었다. 어떤 사람과 무엇을 하느냐에 따라 에너지를 뺏기기도, 다시 얻기도 한다. 그날 나는 300퍼센트 얻어 왔다.

그저 좋아서 글을 쓰고 책을 만들 때는 인식하지 못하다가 그렇게 만든 책이 쌓이면서 내게도 관점이 생겼다. 글을 쓰면서 가장 신경 쓰고 싶은 부분이다. 내 글을 읽는 사람 누구도 글에서 소외당하거나 외면받지 않게 하는 것. 나 역시 스스로 작게만 한정 지었던 나의 폭을 넓혀 모두를 포용하는 사람으로 날마다 성장하고 싶다. 그런 변화를 기대하지 않고서 읽고 쓰는 일을 얼마나 오래 할 수 있을까. 남은 시간 동안 끈기를 갖고 차별과 혐오에 맞서는 이들 곁에 함께 있고 싶다. 마지막 순간까지 이들의 목소리를 듣고, 이들의 사랑을 배우며 살아가고 싶다. 글에서도, 글 바깥에서도.

탈락한다는——————것은——————그것을——————제외

한——————모든——————길이——————열린다는————

——뜻이다.

니시키와 미와, 『고독한 직업』(이지수 옮김, 마음산책, 2019)

언제부터 작가가 되고 싶었을까? 이 질문에는 여러 버전의 답을 가지고 있지만 그중 하나의 기억은 중학교 3학년 때다. 영화 잡지를 읽기 시작하고, 지금과 비교하면 빈약하기 짝이 없는 정보력을 동원해 시사회를 찾아다니던 무렵. 어느 순간 영화를 보는 것에 그치지 않고 만드는 사람이 되고 싶었다. 감독과 배우는 어쩐지 다른 별에서 온 사람 같아서 선택한 것이 시나리오 작가였다. 예술대학 극작과에 지원했지만 떨어졌다. 그 뒤로 세 번의 입시를 더 치른 뒤에야 어느 여자대학 문예창작학과에 입학했다. 지금 와서 드는 생각인데, 그 정도 시간을 쏟았다면 감독이나 배우도 꿈꿔 볼 만하지 않았을까…….

단편소설을 써서 처음 신춘문예에 투고한 건 대학교 3학년 겨울이다. 글을 쓰고 출력해서 표지를 만들고 봉투에 넣은 뒤 신문사에 직접 찾아가 접수하기까지의 모든 과정이 신나고 설렜다. 같은 과정을 10년간 반복했지만 기대하지 않은 적이 없었고, 실망하지 않은 적이 없었다. 돌이켜 보니 가장 긴 사랑을 했다. 그토록 응답이 없다면 다른 길을 생각해 볼 수도 있었을 텐데 응답만 없을 뿐 글쓰기보다 내 마음을 오랫동안 변치 않고 위로해 준 상대가 또 없었다. 나만 그것을 버리지 않으면 버림받을 일이 없다는 것도 이 관계를 끊을 수 없는 중요한 이유였다.

긴긴 작가 지망생 생활을 청산하고 도서관에 입사했을 때는 이미 서른 중반이었다. 그때부터 정신 차리고 돈을 모아도 노후가 불확실한 마당에 버는 족족 돈을 써 가며 책을 만들기 시작했다. 끝난 줄 알았던 사랑의 불씨가 아직 남아 있던 걸까. 사실은 한 번도 활활 타올라 본 적이 없어서, 이대로 꺼져 버리게 놔둘 수만은 없어서, 탈락과 실패와 후회로만 점철된 인생으로 만들고 싶지 않아서, 계속해서 있는 힘껏 문을 열고 있는 기분이다. 내가 할 수 있는 다른 방식으로. 열리는 방식으로.

이해하는 ーーーーーー 만큼 ーーーーーー 들었고, ーーーーーー 이해하

는 ーーーーーー 만큼 ーーーーーー 썼다.

희정, 『퀴어는 당신 옆에서 일하고 있다』(오월의봄, 2019)

어떤 책은 인생을 처음부터 다시 살고 싶어지게 만든다. 주변에 존재하고 있지만 미처 발견하지 못한 것을 반사경처럼 보여 준다. 또 그때 만났던 사람이 누구였고, 그때 느꼈던 감정이 무엇이었는지 알려 준다. 『퀴어는 당신 옆에서 일하고 있다』를 읽으면서 예기치 못한 순간 사고처럼 각성을 느꼈고, 그때마다 가슴을 진정시키듯 책에서 눈을 들어 하늘을 쳐다보았다. 스무 살 이후부터 늘 어딘가에서 일하며 새로운 누군가를 만났다. 그때의 이야기를 글로 써서 책까지 남겼지만 제대로 이해하고 썼는지는 의문이다. 내 옆에 누가 일하고 있는지, 심지어 내가 어떤 사람인지 나는 과연 알았을까.

돌이켜 보면 젠더 감수성이 부족하다고밖에 설명할 수 없는 말들, 알지 못하는 누군가를 비하하고 차별하는 언어를 아무 생각 없이 내뱉던 때가 내게도 있었다. 지금이라고 해서 나아졌나? 아니. 누군가와 대화할 때마다, 누군가의 책을 읽고 생각을 읽을 때마다 번번이 깨지고 있다. 완전히 깨지려면 계속해서 읽고 생각하고 대화하는 일을 반복해야 하지만 완전히 깨지는 일은 없을 것이다. 이 문제는 하나의 산처럼 정상까지 오른다고 정복할 수 있는 영역이 아니기 때문이다. 그보다는 살아 움직이는 숲을 계속해서 헤매는 일이고, 그 과정에서 매번 새로운 의미를 찾아내야 한다.

이런 얘기를 들은 누군가는 말한다. 그렇게 하나하나 다 자책하고 반성하면서 어떻게 사느냐고. 아무래도 이렇게 살아야 할 운명 같다고 대답할밖에. 달리 '자책왕'이겠는가. 내가 옳지 않았다는 사실, 더 옳은 길이 있었다는 사실을 하나씩 발견할 때마다 심장이 조여드는 것처럼 부끄럽고 후회되지만, 몰랐던 걸 알게 된 기쁨은 구원에 가깝다. 인생을 처음부터 다시 살고 싶어지게 하는 사건을 마주한 순간부터 인생을 다시 사는 것만 같다.

보라, ------누구나------한------가지는----

--능숙하다.

김한민, 『비수기의 전문가들』(워크룸 프레스, 2016)

장례식장에 모여 작가들과 밥을 먹다가 바비 인형 이야기가 나왔다. 저마다 어릴 때 바비 인형을 어떻게 가지고 놀았는지 얘기하는데 신기하게도 각자의 성격은 물론 지금 주로 하고 있는 작업 방식과도 교묘하게 맞아떨어졌다.

A: 저는 인형 머리를 가지고 주로 놀았어요. 펌도 시켜 주고 염색도 시켜 주고 커트도 시켜 주고. 결국에는 인형들 머리가 죄다 짧아져요.

B: 저는 인형 눈이 별로 맘에 안 들어서 얼굴을 하얗게 지운 다음에 눈을 다시 그렸어요. (모두 경악)

C: 저는 인형 안 좋아했어요. 장난감 차나 로봇을 더 좋아했어요. 언니들 인형 제가 다 망가뜨리고.

그 자리에선 조용히 육개장만 먹고 있었지만 나도 바비 인형에 대한 추억이 있다. 보통 그런 인형은 가족이나 친척 어른이 사 주는 선물이었는데 내게는 아무도 인형을 사 주지 않았다. 세뱃돈을 모아 동네 문구점에 가서 내가 직접 샀다. 머리도 빗겨 주고 옷도 입혔다. 없는 살림에 집과 침대도 만들어 주었다. 이야기도 지어 주었다. 한 아이가 집 안 구석구석을 모험하는 여행기였다. 그러다 친구도 만나서 함께 노는 이야기. 밤 열두 시가 되어도 집에 돌아가지 않고 독사과를 먹어도 죽지 않는 이야기. 어린 나의 상상 속에서 주인공은 인형이 아니라 한 명의 인격체였다.

내가 무엇을 잘하는지, 무엇에 취미와 흥미가 있는지 잘 모를 때는 어린 시절에 가장 즐겁게 했던 놀이 방식을 떠올려 보라는 말을 들은 적이 있다. 누가 가르쳐 주거나 억지로 시키지도 않았는데 스스로 재미를 붙여 가며 시간 가는 줄 모르고 푹 빠져 있던 바로 그 놀이를. 잘 생각해 보라. 누구에게나 어린 시절은 있었을 테니.

아주 ーーーーー 가끔 ーーーーー 미워도 ーーーーー 밉지 ーーーー

ーー 않고 ーーーーー 싫어도 ーーーーー 싫지 ーーーーー 않은 ーー

ーーーー 사람을 ーーーーー 만나면, ーーーーー 그 ーーーーー 사람

의 ーーーーー 뒷면에 ーーーーー 내가 ーーーーー 좋아하는 ーーー

ーーー 어떤 ーーーーー 모습이 ーーーーー 있을지도 ーーーーー 모

른다고 ーーーーー 생각하게 ーーーーー 된다.

하현, 『아이스크림: 좋았던 것들이 하나씩 시시해져도』(세미콜론, 2022)

나에겐 '내 사람'과 그렇지 않은 사람을 구분하는 배타적인 습성이 있다. 좋아하는 사람, 편안한 사람, 내게 잘해 주는 사람, 내가 잘해 주고 싶은 사람을 내 사람으로 정하고, 이들 말고는 아무도 들어올 수 없도록 마음의 벽을 세운다. 그리 성숙한 인품은 아니어서 고쳐 보려곤 하지만 쉽지 않다. 이런 행동에도 그 나름의 사정이 있으니, 사람과의 관계가 수월하지 않을 때 받는 정신적 압박을 잘 견디지 못하기 때문이다. 누군가를 처음 본 순간 우리 사이의 적당한 거리는 이쯤 되겠구나, 가늠한 뒤 관계를 시작해야 안심이 되었다.

요즘은 이런 노력을 하지 않으려고 노력한다. 한때 농담을 섞어 '나는 사람을 보면 4초 만에 좋아할지 말지를 정한다'는 말을 하기도 했지만, 아무리 봐도 4초는 너무 짧지 않나. 속단하기도, 오해하기도 쉬운 시간이다. 무엇보다 짧은 시간에 상대와의 관계를 내가 먼저 정한다는 이 말의 이면에는 상대로부터 외면당하거나 상처받고 싶지 않은 마음이 있다는 걸 잘 알고 있다. 이제는 애써서 벽을 허문다. 외면당하고 상처받으면 좀 어떤가. 그만큼 몰랐던 상대를 알게 되고, 그만큼 사람을 이해하는 폭이 넓어지는 거라고 받아들인다. 초면에 상대를 좋아할지 말지, 내 사람인지 아닌지를 판단하기보다 그 사람을 알아 갈 넉넉한 시간과 마음의 공간을 느긋하게 마련해 두려 한다.

정작 (4초 만에) 좋아하는 사람 앞에서 나의 모난 부분만 드러나는 것 같아 초조해하고 있을 때 상대가 이런 말을 했다. "우리에겐 이런저런 면이 있잖아요. 서로 맞는 면도 있고 아닌 면도 있지만 하나씩 알아 가면서, 또 맞춰 가면서 지내면 되지 않을까요? 앞으로 날은 많으니까요." 그 순간 다짐했다. 이 말은 40년이 지나도 잊지 말자고.

나는 — — — — — 좀 — — — — — — 더 — — — — — 잘하는 — — — — —

방법으로, — — — — — 좀 — — — — — — 더 — — — — — — 즐겁게 — —

— — — — 할 — — — — — — 수 — — — — — — 있는 — — — — — — 방법으

로 — — — — — 좀 — — — — — 더 — — — — — 재미있게 — — — — — 하

는 — — — — — 게 — — — — — 언제나 — — — — — 다음 — — — — — 계

획이다.

황부농·상냥이, 『우리 기쁜 책방에서』(이후진프레스, 2019)

출판사를 차렸다는 소식을 전했을 때 친한 동생이 맨 처음 해 준 말. "빌딩 사자!" 출판사를 이제 막 만든 것뿐인데, 사무실을 구한 것도 아니고 그저 집 주소로 구청에 출판사 신고만 했을 뿐인데 빌딩이라니. 황당했지만 힘을 실어 주는 말에는 힘이 실리는 모양인지 한동안 내 작은 가슴속에 소박한 꿈 한 조각을 품어 보기도 했다. '언젠가는 정말 빌딩을 사게 될지도 몰라.'

작은 책방 이후북스에서 3주년 기념으로 만든 작은 책 『우리 기쁜 책방에서』를 오랜만에 꺼내 읽다가 피식피식 웃음이 나왔다. 책방 사장님 두 분도 나와 비슷한 꿈을 꾸었나 보다. 정확하게는 상냥이 사장님이 "빌딩 사자!" 쪽이고, 황부농 사장님은 "꿈 깨!" 쪽이다. 그래서 자주 다툰다지만 그래서 누구보다 잘 맞는 단짝이 아닐까 싶다. 이후북스가 3년을 넘어 7년이 되어 가는 지금까지 잘 굴러가는 이유이기도 할 테고.

황부농 사장님 말대로 작은 책방에서 아무리 책을 많이 팔아도 빌딩은 살 수 없다. 나도 마찬가지. 아무리 열심히 쓰고 책을 만들어도 빌딩은 살 수 없다. 저기 어딘가에선 이따금 베스트셀러가 탄생하기도 한다지만 나는 그저 먼 하늘의 별이 뜨고 지는구나, 하고 그것을 바라볼 뿐이다. 너무 멀어서 부럽지도 않다. 분명한 건 작은 책방 이후북스도, 1인 출판사 임시제본소도 아직 무사하다는 거다. 그리고 여전히 할 만하다는 거다. 시행착오의 경험을 재산처럼 쌓아 둔 우리는 이전보다 더 잘하는 방법을, 더 즐겁게 하는 방법을, 더 재미있게 하는 방법을!…… 찾는 게 다음 계획이다.

썩은 ------웅덩이로부터 ------눈을 ------들

어 ------올리기만 ------하면 ------저 ------

들판과 ------길에 ------나도는 ------수많

은 ------아름다운 ------것이 ------내 ------

눈의 ------수정체 ------속으로 ------헤엄쳐 --

----들어오고 ------어느 ------순간 ------나

는 ------엉덩이를 ------탈탈 ------털고 ----

--일어나 ------걷기 ------시작할 ------것이다.

최승자, 『한 게으른 시인의 이야기』(난다, 2021)

'끈기'라는 주제가 정해지기 전에 내가 야심 차게 준비해 간 주제는 '고립'이었다. 코로나 시대의 고립의 말들. 얼마나 그럴듯한가! 출판사 사람들과 미팅한 날은 스웨터에 두꺼운 점퍼를 껴입을 정도로 추운 2월이었다. 우리는 중국 운남식 식당에서 덮밥을 먹고 있었다. 고립이란 두 글자를 꺼내자마자 출판사 대표와 편집자의 얼굴이 한순간에 어두워졌다. 왜 쓰고 싶은지 아무리 설명해도 안 될 게임이라는 걸 바로 알아차렸다. 돌이켜 보니 그들의 판단이 백번 옳았다. 가뜩이나 고립된 기분에 휩싸인 요즘인데 고립에 관해 쓰기까지 한다? 지금쯤 영화 『헤어질 결심』의 탕웨이처럼 양동이로 구덩이를 파서 그 속에 들어가 버렸을지도.

여름의 시작부터 막막한 나날이 이어졌다. 유난히 더워 땀을 많이 흘렸는데 그보다 더 많은 눈물을 흘렸다. 이대로 우울의 늪에 빠져 버리는 건 아닌가 두려웠고, 나로 인해 다른 사람이 상처받고 슬퍼하게 될까 봐 더 겁이 났다. 주저앉아 있을 수만은 없었다. 해야 할 일이 있다는 사실이, 세상에 흩어진 끈기의 말들을 모아야 하는 이 일이, 나의 끈기가 되어 주었다.

걸려 넘어지게 했던 과거의 돌부리들을 생각했다. 크고 작고 뾰족하고 둥글고 모나던 돌부리들 앞에서 내가 어떻게 했는지를 떠올리자 수많은 과거의 내가 일제히 손을 내밀어 나를 붙잡아 주는 것 같았다. 어떤 손은 나를 일으켰고, 어떤 손은 엉덩이에 묻은 흙을 탈탈 털어 주었다. 고맙고 어리둥절한 와중에도 이 기분을 잘 기억해 두어야겠다고 생각했다. 견뎌야 하는 시간이 필요한 모든 이에게, 그리고 나에게 꼭 필요한 내가 되기 위해서.

몸 이 - - - - - - 안 - - - - - - 좋 을 - - - - - - 때 - - - - - - 당

신 을 - - - - - - 생 각 하 면 - - - - - - 큰 - - - - - - 위 안 이 - -

- - - - 돼 . - - - - - - 왜 인 지 - - - - - - 모 르 겠 어 . - - - - - -

더 - - - - - - 좋 기 는 , - - - - - - 더 - - - - - - 낫 기 는 - - - -

- - 당 신 을 - - - - - - 보 는 - - - - - - 일 이 지 . - - - - - - 그 러

니 - - - - - - 화 요 일 에 는 - - - - - - 희 망 을 - - - - - - 가 져 볼

게 .

버지니아 울프·비타 색빌웨스트, 『나의 비타 나의 버지니아』(박하연 옮김, 큐큐, 2022)

— 97

1923년부터 1941년까지, 버지니아 울프와 비타 색빌웨스트가 20년 동안 주고받은 편지를 모은 책이 드디어 내 손에 들어왔다. 출판사에서 출간 준비 중이라는 소식을 들을 때부터 기다렸다. 당시 여성 페미니스트 작가들이 나눈 대화를 보는 것도 설레는 일이지만, 두 작가의 만남이 서로의 삶과 작품에 어떤 영향을 주었는지, 어떤 식으로 관계를 지속했는지 알고 싶은 마음이 간절했다.

새로운 글을 쓰고 책을 만드는 일, 새로운 사람을 만나 관계 맺는 일. 내겐 둘 다 세상에 없는 지도를 그리는 일과 같다. 나 이전에 무수한 사람이 지나간 길이라고 해도 나는 그 길이 처음이다. 어떤 길은 잘못 들어서도 되돌아 나올 방법이 있지만 어떤 길은 깊은 수렁처럼 나를 잠식해 버린다. 어떤 길은 자유롭게 활보하도록 내버려 두지만 어떤 길은 비싼 통행료를 요구한다. 글이든 사람이든 살아 움직이는 숲과 같아서 어제까지 잘 그려 둔 지도가 다음 날 아무 소용없어지기도 한다. 그런데도 포기하지 않고 그리고 싶은 지도가 있을 때 비로소 글도 사랑도 시작된다.

버지니아 울프는 비타 색빌웨스트로부터 영감을 받아 장편소설 『올랜도』를 썼다. 젠더와 시대를 가로지르는 올랜도의 황홀한 대서사시를 읽는 일은 비타를 향한 버지니아의 진심을 읽는 일이었고, 사랑의 기쁨과 슬픔과 고통을 경험하는 일이기도 했다. 한 사람의 마음의 지도를 그리는 일의 어려움을 아는 일이자, 당신에게 갈 수만 있다면 안개로 뒤덮인 미로를 헤매는 일쯤이야 얼마든지 감수할 수 있다고 다짐하는 일이었다. 마침내 3세기에 걸친 엄청난 이야기, 세상 어디에도 존재하지 않으며 누구보다 강한 인물이 탄생했다.

그 힘이 대체 어디서 나왔는지, 어떻게 두 사람을 똘똘 뭉쳐 놓고 송두리째 흔들어 놓았는지, 이제부터 천천히 음미해 보련다. 내게 닿기까지 한 세기를 기다려 준 그들의 이야기를.   207

세상에는 －－－－－－두－－－－－－종류의 －－－－－－인간이 －－－－－－있다고 －－－－－－했다. －－－－－－고통받는－－－－－－사람을 －－－－－－보면서 －－－－－－내게도 －－－－－－저런 －－－－－－일이 －－－－－－일어날 －－－－－－수 －－－－－－있어, －－－－－－생각하는 －－－－－－사람과 －－－－－－내게는 －－－－－－절대 －－－－－－저런 －－－－－－일이 －－－－－－일어나지 －－－－－－않을 －－－－－－거야, －－－－－－생각하는 －－－－－－사람. －－－－－－첫 －－－－－－번째 －－－－－－유형의 －－－－－－사람들 －－－－－－덕분에 －－－－－－우리는 －－－－－－견디며 －－－－－－살고, －－－－－－두 －－－－－－번째 －－－－－－유형의 －－－－－－사람들은 －－－－－－삶을 －－－－－－지옥으로 －－－－－－만든다.

시그리드 누네즈, 『어떻게 지내요』(정소영 옮김, 엘리, 2021)

질풍노도의 시기를 겪던 때부터 곁에 있어 준 친구가 있다. 멀리 떨어져 있는 지금은 비록 1년에 한두 번 통화하는 사이지만 그 한두 번의 통화에 있지도 않은 고향을 찾은 것처럼 마음이 편안해진다. 친구와 대화할 때 마음이 놓이는 이유가 있다. 친구는 어떤 상황에도 객관성을 잃지 않는다. 시간을 갖더라도 사실을 직시하려 한다. 내 편을 들어 주지 않아 서운할 때도 있지만 그 덕에 과잉된 감정에서 금세 빠져나올 수 있었다.

친구가 자주 하는 말이 있다. "그럴 수도 있지." 나를 힘들게 했던 일, 이해하기 어려운 상황에 대해 말하고 나면 친구는 언제나 "그럴 수도 있지"라고 운을 떼며 다음 말을 이었다. 그럴 수도 있지. 그런 사람도 있지. 태도를 바꿔서 생각해 봐. 그 사람이 되어 봐. 친구의 세계에는 너와 나, 나와 타자라는 이분법이 존재하지 않는 것 같았다. 친구의 생각에 따르면 세상에 이해할 수 없는 일은 없다. 다만 우리가 귀를 막고 이해하지 않으려 할 뿐. "그나저나 너는 어찌 된 게 아직도 질풍노도야? 작가라서 그런 거야?"

대화를 마무리하려는데 친구가 말했다. 나도 늘 반성하는 부분이라 웃음이 났다. 그러게, 나이를 허투루 먹었나. 이거야말로 정말 부끄러운 일이야. 작가라면서, 그렇게 읽고 썼으면서 왜 나는 여전히 남의 고통보다 내 고통이 더 크게 느껴질까. 세상의 많은 고통은 등한시한 채 나한테 일어난 작은 일에 몸살을 앓는 걸까.

"너는 예전부터 그랬어. 한 번에 못 알아듣고 열 번, 스무 번 말해 줘야 겨우 알아들었어." "근데 왜 계속 만났어? 나 안 지겨웠어?" "나아지려고 노력하는 게 보이니까. 너만 생각하지 않았으니까. 그리고 너 되게 웃겨. 웃기는 애야."

눈물이 나오는 바람에 고맙다는 말은 차마 하지 못했다.

생 이 란 ― ― ― ― ― 바 위 와 ― ― ― ― ― 바 다 , ― ― ― ― ― 그 리

고 ― ― ― ― ― 그 것 들 을 ― ― ― ― ― 배 경 으 로 ― ― ― ― ― 잠 시 ― ―

― ― ― ― 스 쳐 ― ― ― ― ― ― 가 는 ― ― ― ― ― ― 작 고 ― ― ― ― ― ― 하 찮

은 ― ― ― ― ― 인 간 과 ― ― ― ― ― 동 물 에 ― ― ― ― ― 지 나 지 ― ― ―

― ― ― 않 는 다 .

애니 프루, 『시핑 뉴스』(민승남 옮김, 미디어 2.0, 2007)

바다 앞에서 가장 먼저 드는 생각은 두려움이다. 한 발짝만 앞으로 나가면 세상의 끝으로 떨어질 것만 같은 두려움. 친구들과 물놀이하던 시절에도, 좋아하는 사람과 나란히 해변을 걷던 때조차도 바다는 언제나 두려움의 대상이었다. 두려움을 함께 이겨 낼 존재가 곁에 있었을 뿐.

그런데도 바다 앞에 혼자 섰던 때가 있다. 그날은 오직 바다와 파도, 파도가 그리는 해변의 풍경만 바라보았기 때문일까, 누군가와 함께 있을 때보다 더 오래 기억에 남아 있는 것 같다. 그날 내가 어떤 마음이었는지는 희미하다. 무엇 때문에 그토록 두려워하는 바다 앞에 혼자 섰는지. 친구는 왜 부르지 않았는지. 한 가지 분명한 건 무사히 집으로 돌아와 인생의 다음 단계를 밟아 나갔다는 사실이다.

힘들었던 시기를 떠올려 보면 실제의 나보다 지나치게 비대해진 나를 만났던 때였지 싶다. 내가 만들어 낸 고통의 무게가 나를 짓누를 때. 그런 채로 여느 날과 다름없이 일상을 살아 내기란 쉽지 않다. 구원자가 나타나 손을 내밀어 준다면 좋겠지만 바보가 된 나는 구원자가 찾아와도 알아보지 못한다. 그럴 때 선택할 수 있는 게 내가 서 있는 무대의 배경을 바꾸는 일이었다. 나조차 잊어버릴 정도로 나를 압도하는 거대한 시공간 속에 나를 한동안 내버려 둔다. 유구한 세월 속에서 나는 잠시 스쳐 가는 작고 하찮은 생명이라는 사실을 되새긴다. 곧 사라지고 말 짧은 생을 사는 동안 진정으로 하고 싶은 일이 무엇인지 생각하고 또 생각한다.

지금보다 더 사랑하는 것. 주어진 모든 시간과, 다가오는 모든 사람을 아낌없이 사랑하는 것. 이보다 더 확실한 대답을 찾지 못한 채 오늘도 바다 앞에 섰다. 내 힘으로 어찌할 수 없는 일은 파도에 쓸려 보내야겠지만 사랑하는 일을 멈추진 말아야지. 무사히 집으로 돌아가 묵묵히 다음 단계를 밟아 나가야지.   211

사 실 — — — — — 수 년 — — — — — 동 안 — — — — — 사 랑 에 — — — —

— — 대 한 — — — — — 에 세 이 를 — — — — — 쓰 려 고 — — — — — 메 모

를 — — — — — 해 — — — — — 왔 어 요 . — — — — — 아 주 , — — — — —

아 주 — — — — — 오 래 된 — — — — — 열 정 이 죠 .

수전 손택·조너선 콧, 『수전 손택의 말』(김선형 옮김, 마음산책, 2018)

100

지난여름 서점 이후북스에서 '한여름 북페스티벌'이 열렸다. 작가들의 릴레이 북토크와 낭독회, 낭독극, 노래 공연까지, 페스티벌에 걸맞게 작가와 책으로 할 수 있는 온갖 재밌는 일들이 벌어졌다. 그중 하루 임시제본소의 북토크가 있었다. 임시제본소라는 이름으로 출판 등록을 한 뒤 1473일째를 맞는 날이기도 해서 '1473일의 임시제본소'라는 제목을 붙였다.

처음에는 그저 일이라고 생각했다. 회사 대신 선택했으니 힘들어도 책임지고 해야 하는 밥벌이이자 돈벌이. 그 이상의 의미를 두면 무거워질까, 실망하고 돌아설까 두려웠던 것도 같다. 북토크를 위해 출판등록일인 1일부터 1473일까지 임시제본소의 크고 작은 사건을 정리하면서 비로소 눈에 보이는 게 있었다. 과거를 미화하고 싶진 않지만 적어도 책과 함께한 시간만큼은 진심이었다. 책 앞에서는 언제나 솔직했고, 겸손했고, 최선을 다했다. 책을 통해 세상을 제대로 이해하고 싶었고, 이해받고 싶었다. 서툴고 부족한 채 시작했지만 다음번엔 더 나아진 모습을 보여 주고자 계속해서 글을 쓰고 책을 만들었다.

항상 똑같은 글만 쓰는 것 같아 고민이라고 털어놓았을 때 가만히 듣고 있던 동료 작가가 눈을 빛내며 해 준 말이 있다. "모든 작가가 저마다 하나의 화두로 평생 이야기하는 것 아닐까요?" 그 말이 지금도 메아리처럼 울린다. 매번 똑같은 글만 쓰는 것을 고민할 게 아니라, 이토록 고생스러운 방식으로 매번 똑같이 말하고 싶은 이야기가 과연 무엇일까 생각하게 되었다. 평생을 바쳐 쓰고 싶은 단 하나의 주제는? 어쩐지 지금까지 쓴 글만 봐도 알 것 같다. 이걸 끈기의 말들이라고 해야 할지 사랑의 말들이라고 해야 할지. 아무렴 어떤가. 끈기에 관한 100개의 문장을 모으고 100가지 생각을 엮은 내 눈엔 아무리 봐도 끈기와 사랑이 같은 뜻인걸.

끈기의 말들
오늘도 계속하기 위하여

2023년 2월 14일   초판 1쇄 발행

지은이
강민선

펴낸이	펴낸곳	등록	
조성웅	도서출판 유유	제406-2010-000032호(2010년 4월 2일)	

	주소		
	서울시 마포구 동교로15길 30, 3층 (우편번호 04003)		

전화	팩스	홈페이지	전자우편
02-3144-6869	0303-3444-4645	uupress.co.kr	uupress@gmail.com
	페이스북	트위터	인스타그램
	facebook.com /uupress	twitter.com /uu_press	instagram.com /uupress

편집	디자인	조판	마케팅
인수, 조은	이기준	정은정	황효선

제작	인쇄	제책	물류
제이오	(주)민언프린텍	다온바인텍	책과일터

ISBN 979-11-6770-055-1 03810